NOM▲DES

Les littératures du monde

D0896649

DU MÊME AUTEUR

LE POIDS DES SECRETS
Tsubaki, Leméac / Actes Sud, 1999 ; Babel, 2005.
Hamaguri, Leméac / Actes Sud, 2000 ; Babel, 2007 ; Nomades, 2015.
Tsubame, Leméac / Actes Sud, 2001 ; Babel, 2007 ; Nomades, 2015.
Wasurenagusa, Leméac / Actes Sud, 2003 ; Babel, 2008 ; Nomades, 2015.
Hotaru, Leméac / Actes Sud, 2004 ; Babel, 2009 ; Nomades, 2015.

AU CŒUR DU YAMATO
Mitsuba, Leméac / Actes Sud, 2006 ; Babel, 2012.
Zakuro, Leméac / Actes Sud, 2008 ; Babel, 2013.
Tonbo, Leméac / Actes Sud, 2010 ; Babel, 2014.
Tsukushi, Leméac / Actes Sud, 2012.
Yamabuki, Leméac / Actes Sud, 2013.

Azami, Leméac / Actes Sud, 2014.
Hôzuki, Leméac / Actes Sud, 2015.

TSUBAKI

Illustration en couverture : © Redzaal/iStockphoto.com

Leméac Éditeur remercie le Conseil des arts du Canada, la Société de développement des entreprises culturelles du Québec (SODEC) et le Programme de crédit d'impôt pour l'édition de livres du Québec (Gestion SODEC) du soutien accordé à son programme de publication.

Financé par le gouvernement du Canada
Funded by the government of Canada | Canadä

© LEMÉAC, 1999
ISBN 978-2-7609-3624-9

Imprimé au Canada

Aki Shimazaki

Tsubaki

LE POIDS DES SECRETS

roman

NOM**A**DES

Il pleut depuis la mort de ma mère. Je suis assise près de la fenêtre qui donne sur la rue. J'attends l'avocat de ma mère dans son bureau où travaille une seule secrétaire. Je suis ici pour signer tous les documents relatifs à l'héritage : l'argent, la maison et le magasin de fleurs dont elle s'occupait depuis le décès de mon père. Il est mort d'un cancer de l'estomac voilà sept ans. Je suis la seule enfant de la famille et la seule héritière déclarée.

Ma mère tenait à la maison. C'est une vieille maison entourée d'une haie d'arbustes. Derrière, un jardin avec un petit bassin rond et un potager. Au coin, quelques arbres. Parmi eux, mes parents avaient planté des camélias peu après l'achat de la maison. C'était ma mère qui aimait les camélias.

Le rouge des camélias est aussi vif que le vert des feuilles. Les fleurs tombent à la fin de la saison, une à une, sans perdre leur forme : corolle, étamines et pistil restent toujours ensemble. Ma mère ramassait les fleurs par terre, encore fraîches, et les jetait dans le bassin. Les fleurs rouges au cœur jaune flottaient sur l'eau pendant quelques jours.

Un matin, elle dit à mon fils : « J'aimerais mourir comme *tsubaki**. *Tsubaki*, c'est le nom du camélia en japonais. »

Maintenant, comme elle le voulait, ses cendres sont répandues sur la terre autour des camélias alors que sa pierre tombale est à côté de celle de mon père au cimetière.

Bien qu'elle ne fût que dans la soixantaine, elle disait avoir vécu assez longtemps dans ce monde. Elle avait une grave maladie pulmonaire. C'était une survivante de la bombe atomique tombée sur la ville de Nagasaki trois jours après Hiroshima. Cette deuxième bombe fit quatre-vingt mille victimes en un instant et amena la capitulation du Japon. Son propre père, mon grand-père, y fut aussi tué.

Né au Japon, mon père partit après la guerre pour venir dans ce pays où son oncle lui avait offert du travail dans sa petite compagnie. C'était un atelier de vêtements de coton inspirés de la forme du kimono, droit et simple. Avant de partir, mon père voulait se marier. Un couple de sa famille organisa *miaï* avec ma mère : il s'agit d'une rencontre arrangée en vue d'un mariage. Ma mère était enfant unique, sa mère était morte

* Les mots en italique sont regroupés dans un glossaire en fin d'ouvrage.

aussi d'une leucémie cinq ans après la bombe atomique. Restée seule, ma mère décida d'accepter le mariage avec mon père.

Elle travailla sans relâche avec lui pour développer la compagnie : ensuite, à leur retraite, elle consacra beaucoup de temps au magasin de fleurs qu'ils ouvrirent ensemble. Elle assista mon père jusqu'au dernier moment. Lors des funérailles, on me dit qu'il avait dû être heureux avec une femme aussi dévouée que l'avait été ma mère.

C'est seulement après la mort de mon père qu'elle mena une vie plus tranquille et effacée en compagnie d'une femme de ménage étrangère, madame S. Cette dame ne comprenait ni le japonais ni la langue officielle du pays. Elle avait seulement besoin d'argent et d'une chambre alors que ma mère avait besoin de quelqu'un qui puisse prendre soin d'elle à la maison. Ma mère n'aimait pas l'idée d'habiter chez moi ni d'aller dans une maison de convalescence, encore moins dans une clinique. Si nécessaire, elle faisait appeler son médecin par madame S., qui arrivait tout juste à lui dire au téléphone : « Venez chez madame K. »

Ma mère, d'ailleurs, avait confiance en madame S. « Ça me suffit », répondit-elle à mon fils lorsqu'il lui demanda comment elles communiquaient entre elles. « Je me sens bien sans paroles. Madame S. est une personne discrète. Elle m'aide et ne me dérange pas du tout. Elle n'a pas d'instruction. Ça m'est égal. Ce qui compte pour moi, c'est son savoir-vivre. »

Quant à la guerre et à la bombe atomique tombée sur Nagasaki, ma mère refusait d'en parler. De plus, elle me défendait de dire à l'extérieur qu'elle était une survivante de la bombe. Malgré toute ma curiosité depuis mon enfance, j'étais obligée de la laisser tranquille. Je croyais qu'elle souffrait toujours de la perte de son père, emporté par le carnage.

Pourtant, c'est mon fils qui, dans sa jeune adolescence, se mit à lui poser les mêmes questions qui me préoccupaient toujours. Lorsqu'il se faisait trop insistant, ma mère lui criait de retourner chez lui.

Pendant ses trois dernières semaines, elle nous disait avoir de la difficulté à dormir. Elle demanda des somnifères à son médecin. C'est pendant cette période qu'elle devint tout à coup bavarde à propos de la guerre. Mon fils et moi lui rendions visite presque chaque soir. Même la veille de sa mort, ma mère en parlait encore avec lui.

Elle était assise au salon dans un fauteuil, en face de la cuisine où je lisais un livre. Je pouvais les voir et les entendre tous deux.

Mon fils lui demanda :

— Grand-mère, pourquoi les Américains ont-ils envoyé deux bombes atomiques sur le Japon ?

— Parce qu'ils n'en avaient que deux à ce moment-là, dit-elle franchement.

Je regardai ma mère. Il me semblait qu'elle blaguait, mais son visage était sérieux. Étonné, mon fils dit :

— Vous voulez dire que s'ils en avaient eu trois, ils auraient largué la troisième sur une autre ville du Japon ?

— Oui, je crois que cela aurait été possible.

Mon fils fit une pause et dit :

— Mais les Américains avaient déjà détruit la plupart des villes avant de lâcher les bombes atomiques, n'est-ce pas ?

— Oui, c'est pendant les mois de mars, avril et mai que presque cent villes avaient été mises en ruine par des B-29.

— Donc, pour eux il était évident que le Japon n'était pas en mesure de continuer le combat.

— Oui. D'ailleurs, les dirigeants américains savaient qu'en juin le Japon tentait, par l'entremise de la Russie, d'engager des négociations de paix avec les Américains. Le Japon craignait aussi d'être envahi par les Russes.

— Alors, pourquoi ont-ils quand même lâché ces deux bombes, grand-mère ? Les victimes étaient pour la plupart des civils innocents. Plus de deux cent mille personnes ont été tuées en quelques semaines ! Quelle est la différence avec l'Holocauste des nazis ? C'est un crime !

— C'est la guerre. On ne pense qu'à gagner, dit-elle.

— Mais ils avaient déjà gagné la guerre ! Pourquoi les bombes atomiques étaient-elles nécessaires ? Mon arrière-grand-père a été tué par une bombe qui, je crois, était totalement inutile.

— Elles n'étaient pas inutiles pour eux. Il y a toujours des raisons ou des avantages à une action.

— Alors dis-moi, grand-mère, quels avantages ont-ils eus en lançant ces deux bombes atomiques ?

— Menacer un plus grand ennemi. La Russie.

— Menacer la Russie ? Alors pourquoi une seule bombe atomique ne suffisait-elle pas ?

— Bonne question, mon petit-fils ! Je crois que les dirigeants américains voulaient montrer aux Russes qu'ils avaient plus d'une bombe atomique. Peut-être voulaient-ils aussi connaître l'effet de chaque bombe, surtout la deuxième, car les deux bombes n'étaient pas identiques : celle qui est tombée sur Hiroshima avait été fabriquée avec de l'uranium et celle sur Nagasaki, avec du plutonium. Ils ont dépensé en secret énormément d'argent pour ces bombes. Les Américains ordinaires n'en connaissaient pas l'existence. Même Truman, le vice-président du pays, n'en avait pas été informé. Il se peut qu'on ait été dans l'obligation de les utiliser avant la fin de la guerre.

Mon fils n'était pas satisfait de cette réponse. Il continua à la questionner :

— Si les bombes atomiques servaient à menacer la Russie ou bien à expérimenter ces nouvelles armes, pourquoi l'ont-ils fait sur le Japon, où il n'y avait rien à détruire ? Pourquoi pas sur l'Allemagne ?

— Ah ! C'est aussi une question curieuse ! L'Allemagne avait déjà officiellement renoncé à la guerre. Même dans le cas contraire, les Américains n'auraient pas osé lâcher des bombes atomiques au centre de l'Europe. Ils sont des descendants d'Européens, après tout. Pour les Américains, tous les Japonais, civils ou militaires, étaient leurs ennemis, car ils n'étaient pas *hakujin*.

— Même les chrétiens ? demanda-t-il.

— Bien sûr, répondit-elle sans hésitation. Quand j'habitais à Nagasaki, j'ai rencontré des catholiques. Nagasaki est bien connue pour ses croyants. Un jour, une jeune fille catholique de mon école m'a dit, d'un air très sérieux : « Les Américains sont chrétiens. S'ils trouvent des croix dans notre ville, ils passeront sans faire tomber les bombes. » Je lui ai dit aussitôt : « Pour eux, les Japonais sont des Japonais. » Et la bombe atomique est tombée en face d'une église.

Mon fils se taisait. En fait, il est un demi-descendant d'Européens. Ses arrière-grands-parents étaient Allemands. Son grand-père, né aussi en Allemagne mais élevé aux États-Unis, est devenu pasteur et a travaillé au Japon après la guerre. Le père de mon fils, mon ancien mari, est né au Japon et parle bien le japonais, presque aussi bien que sa langue maternelle. Je l'ai rencontré aux États-Unis et je me suis mariée avec lui. Nous sommes séparés depuis plusieurs années. Mon fils et moi habitons maintenant ce pays où je suis née alors que son père demeure encore aux États-Unis.

Ma mère continua :

— En fait, les Américains voulaient détruire complètement le Japon et s'en emparer avant que les Russes ne l'envahissent. Le 8 août, la veille du largage de la bombe atomique sur Nagasaki, les Russes ont lancé une attaque contre les Japonais en Mandchourie, qui était à ce moment-là une colonie japonaise.

Je les écoutais en faisant semblant de lire ce livre dont jamais je ne tournais les pages. Un moment ils se firent silencieux. Après, ma mère lui demanda de l'eau. Il vint dans la cuisine.

Il me chuchota :

— Grand-mère parle beaucoup aujourd'hui.

— Ne la fatigue pas. Tu poses sans cesse des questions.

— C'est elle qui aime parler.

Il était content. De la cuisine, je dis à ma mère :

— Tu dois être épuisée par le bombardement de questions. C'est la première fois que je t'entends parler autant.

Elle sourit :

— J'espère que ce sera la dernière fois aussi.

En lui portant un verre d'eau, mon fils dit à ma mère :

— Mon père disait que les dirigeants américains savaient que le Japon allait attaquer Pearl Harbor.

— Oui, continua-t-elle, les experts des services d'espionnage avaient brisé les codes japonais et lu les informations « top secret ».

— D'après mon père, ils ont tout fait pour amener les Américains ordinaires à détester les Japonais. Il leur a été plus facile alors de commencer la guerre.

— Comme un jeu. C'est une stratégie pour gagner. En fait, le Japon a été obligé d'attaquer.

— Comment ça ?

— Les Américains avaient imposé un embargo sur leurs exportations vers le Japon, notamment sur le pétrole.

— Pourquoi ?

— Le Japon avait commencé à lever des armées en Asie. Les Américains étaient inquiets de l'expansion japonaise.

— Donc, grand-mère, les Américains ont les premiers poussé le Japon à la guerre.

— Peu importe qui a attaqué le premier. La guerre entre eux avait déjà commencé depuis la guerre russo-japonaise, ce conflit entre le Japon et la Russie au sujet du partage de la Mandchourie et de la Corée. Le Japon a gagné grâce à l'aide des États-Unis et de l'Angleterre, qui ne voulaient pas que la Russie ou le Japon contrôlent l'Asie.

— Quand est-ce arrivé ?

— En 1904. En réalité, le Japon était devenu si faible économiquement qu'il n'aurait plus pu continuer le combat. En Russie, il y avait alors de graves problèmes. Pas seulement économiques mais aussi sociaux, c'est-à-dire le mouvement de la révolution. Et la Russie a concédé la victoire au

Japon. Le président américain a offert de mener la médiation et a contrôlé ainsi la paix entre les deux pays.

— La guerre russo-japonaise a donné une bonne chance aux États-Unis d'envahir l'Asie, n'est-ce pas ?

— Oui. Ainsi, la guerre du Pacifique avait déjà commencé avant l'attaque de Pearl Harbor.

— Pourquoi on ne peut pas laisser l'autre tranquille ? Pourquoi on n'arrête pas la guerre ?

— C'est l'impérialisme qui mène à la guerre.

— Mais ce que mon père n'acceptait pas, c'est la justification des Américains : quand il est question de guerre, ils ont toujours raison.

— On se justifie pour se défendre des accusations.

— La justice, donc, n'est pas importante ?

— Il n'y a pas de justice. Il y a seulement la vérité.

Ma mère buvait à petites gorgées l'eau de son verre.

— Pourtant, continua-t-elle, il est évident qu'après la guerre, les Américains ont apporté la démocratie au Japon. Et les Japonais croient qu'il était préférable que le Japon soit vaincu par les Américains plutôt que par les Russes : autrement, il aurait été divisé en deux pays comme la Corée ou l'Allemagne.

— Au prix des bombes atomiques ?

— Tu es cynique, dit-elle. En fait, à la conférence de Potsdam, avant ces bombes, Truman avait promis avec les autres alliés la démocratisation du Japon.

Mon fils l'interrompit :

— Mais ce que les Américains voulaient, c'était la colonisation du Japon, n'est-ce pas ? Vous savez bien qu'après la guerre, le père de mon père travaillait au Japon comme pasteur. C'est lui qui le disait.

Ma mère ferma les yeux, les mains croisées. Mon fils se leva pour tirer le rideau de la fenêtre. Il faisait nuit. Il s'assit de nouveau à côté de ma mère.

Il dit :

— Vous n'êtes pas fâchée contre les Américains ? Vous et votre famille êtes des victimes de la bombe atomique. Il me semble que vous les défendez. Je ne comprends pas.

Elle ne répondit pas. Elle regardait vers le mur, l'air absent.

— Sais-tu, dit-elle, comment certains militaires japonais se comportaient dans leurs colonies des pays asiatiques ? « Violents, cruels, brutaux, inhumains, sadiques, sauvages... » Voilà les mots utilisés par leurs victimes. Cela aurait été peut-être plus terrifiant si le Japon avait remporté la victoire. Beaucoup de gens devaient être contents de la défaite de l'empire japonais. Je te rappelle que les Japonais ont massacré plus de trois cent mille personnes avant d'occuper Nankin, en Chine. Ils ont tué non seulement des soldats et leurs prisonniers, mais aussi des gens ordinaires, des civils sans armes. Ils ont violé des femmes et les ont toutes tuées par la suite. Même de jeunes enfants de sept et huit ans ont été leurs victimes.

— Mon Dieu ! C'est épouvantable.

Mon fils était choqué. Il se prit la tête à deux mains, longuement.

— Pourtant, continua-t-il, tout cela ne justifie pas l'utilisation des bombes atomiques. Ce n'était vraiment pas nécessaire. Les Américains auraient pu éviter cette catastrophe.

Ma mère se taisait. Le téléphone sonna sur le mur de la cuisine. Je décrochai. C'était l'avocat de ma mère. Je l'avertis et elle s'approcha lentement de l'appareil. Elle écouta quelques instants et dit simplement : « C'est parfait. Merci. » Elle raccrocha. Je lui dis :

— Je te prépare une tisane à la menthe. Après, nous partirons.

— Merci, Namiko. Ce soir, je pourrai dormir aisément, sans somnifères, dit-elle en souriant un peu.

Elle retourna à son fauteuil et se remit à parler avec mon fils. J'apportai plus tard une tasse de tisane à ma mère. Mon fils la questionnait toujours sur la guerre et elle essayait de lui répondre avec patience.

Mon fils lui dit :

— Qu'est-ce qu'il y a dans la tête de ceux qui nous conduisent à pareilles catastrophes ? Ça doit être la haine, ou le racisme, ou la vengeance.

Il y eut un long silence entre eux. On entendait le tic-tac des deux pendules. Un rythme *moderato*.

Puis ma mère lui dit :

— Il y a des choses qu'on ne peut éviter, malheureusement.

— Croyez-vous au destin, grand-mère ?

— Oui, dit-elle, on meurt selon le destin.

— Selon le destin ? Même la mort de mon arrière-grand-père ?

Ma mère ne lui répondit pas. Au lieu de cela, elle dit :

— Je suis fatiguée. Je vais me coucher tôt ce soir.

Elle se leva du fauteuil pour se rendre à la salle de bains. Nous avons entendu madame S. entrer dans la maison. Je fermai le livre dont je ne pouvais pas suivre le contenu. Je le mis dans le sac et dis à mon fils :

— On y va.

Au moment où nous partions, ma mère dit, en se mettant au lit :

— Il y a des cruautés qu'on n'oublie jamais. Pour moi, ce n'est pas la guerre ni la bombe atomique.

Je jetai un regard sur son visage. « Alors, de quelles cruautés tu veux parler, maman ? » Je voulais le lui demander, mais je me suis retenue. Mon fils arrangea la couverture de sa grand-mère. Il ne lui posa plus de questions et la salua : « Bonne nuit, grand-mère. » Elle tendit la main pour lui caresser la tête et lui souhaita « Bonne nuit » d'un faible sourire.

Le lendemain matin, elle était morte. Son médecin et madame S. étaient déjà là quand mon fils et moi sommes arrivés. Bien que sa mort fût subite, son visage était calme et doux.

— Elle est partie en paix, je crois, dit le médecin.

Madame S. fit un signe de la tête.

— Madame, par ici.

L'avocat de ma mère m'appelle. J'entre dans son bureau, juste à côté de la salle d'attente où la secrétaire tape à la machine à écrire. Je lis les documents concernant l'héritage et commence à les signer presque automatiquement, car ma mère me les avait déjà tous montrés. Tout va bien jusqu'au moment où il me tend deux enveloppes sur lesquelles deux noms sont inscrits. Je vois le mien sur la première, qui semble contenir un livre. Sur la deuxième, moins épaisse, je vois un nom que je ne connais pas du tout et quelques mots qui me sont adressés : « Quand tu pourras trouver mon frère, donne-lui cette enveloppe en personne. Sinon, assure-toi de la brûler. »

Mon oncle ? Qui est-ce ? Ma mère disait qu'elle était enfant unique, comme moi. Où est-il donc ? Comment puis-je le trouver ? Pourquoi maintenant ? Quelle bizarrerie... Je regarde l'avocat. Je doute que ma mère ait pu lui raconter quoi que ce soit sur son frère alors qu'elle n'avait jamais rien mentionné à sa propre fille. Pourquoi devrais-je questionner un étranger au sujet de ma famille ?

Hésitante, je lui dis :

— Je croyais qu'elle n'avait ni frère ni sœur.

— Je suis désolé. Je n'en ai aucune idée. Elle n'a rien dit à ce sujet.

L'avocat hausse les épaules. Je me tais, soulagée et un peu déçue. En fermant le dossier, il continue :

— Elle avait préparé tous les documents pour vous, comme vous savez, il y a trois ans. Sauf ces deux enveloppes.

— Sauf ces deux enveloppes ?

— Oui. En fait, elle les a apportées elle-même récemment.

— Récemment ? Je ne comprends pas. Elle était très malade et restait toujours à la maison. Ce n'est pas possible...

— Attendez un moment...

Il ouvre de nouveau le dossier et parcourt les documents :

— Ah ! voilà, dit-il. Trois semaines avant sa mort, votre mère est venue ici en taxi, sans madame S. Je lui ai dit que j'aurais pu envoyer ma secrétaire chez elle. C'est loin d'ici. Mais elle m'a dit que c'était tellement important qu'elle voulait venir en personne.

Je reste confuse. Il ajoute :

— Je connais madame K., votre mère, depuis quelques années. Cette fois-là, j'ai eu l'impression qu'elle était calme pour la première fois.

Pardonnez-moi, je suis simplement heureux qu'elle soit morte en paix. J'espère que tout ira bien pour vous. Si je peux vous aider en quoi que ce soit, par exemple au sujet de votre oncle, n'hésitez pas à me téléphoner.

— Oui. Merci, monsieur. Je vous fais confiance comme ma mère le faisait.

Je ramasse les deux enveloppes et les mets dans mon sac. Je sors du bureau de l'avocat. La pluie tombe de nouveau, plus fort qu'avant. Je regarde le ciel gris. Il fait froid. J'arrête un taxi et m'en vais en tenant le sac serré dans mes bras.

— Ça y est, madame. Madame, ça va ?

Devant la maison, le chauffeur de taxi a dû m'interpeller à voix haute.

Dans le salon, je m'assieds sur le divan. Je pose les enveloppes sur la table. J'hésite à ouvrir la mienne tout de suite. Je me demande pourquoi ma mère voulait que je recherche son frère et pourquoi elle ne l'a pas fait elle-même de son vivant. Je fixe l'enveloppe adressée à son frère.

Yukio Takahashi. C'est son nom. Son prénom est presque pareil à celui de ma mère : Yukiko. Je ne m'en étais pas rendu compte au bureau de l'avocat. J'articule les deux prénoms : Yu-ki-o et Yu-ki-ko. Il est possible que mes grands-parents aient voulu qu'ils soient pareils. Mais son nom de jeune fille est Yukiko Horibe, pas comme celui de son frère : Takahashi.

Mon père disait qu'au Japon, l'homme garde son nom de famille lors du mariage. À moins d'être adopté par la famille de son épouse, afin de maintenir le nom de la lignée lorsqu'il n'y a pas de garçon dans la famille. Cela pourrait être le cas de son frère. Ou bien un des parents de ma mère se serait marié deux fois, et Yukio pourrait être un enfant du premier mariage.

Ce qui me dérange, c'est que ma mère ne m'a jamais parlé de ces choses, non seulement à propos de son frère, mais aussi à propos de ses parents.

Ma mère voulait m'appeler Yuki quand je suis née, mais mon père n'était pas d'accord. Il a dit que ce serait une malchance d'avoir un prénom semblable à celui d'un membre de la famille encore vivant. Il n'était pas superstitieux en général. Néanmoins, cette fois-là, il s'est fermement opposé à l'idée de ma mère. Elle n'a pas insisté et l'a laissé me nommer Namiko.

Si j'avais eu ce nom, Yuki, au lieu de Namiko, ma vie aurait-elle été différente et pire que maintenant ? Qui pourrait le savoir ? Bonne ou mauvaise, comment pourrait-on comparer une vie avec une autre qui n'existe pas ?

Enfin, je prends des ciseaux. J'ouvre mon enveloppe et en sors un cahier. Il contient une lettre de ma mère datée de trois semaines avant sa mort.

« Namiko,

Je viens d'écrire une longue lettre à mon frère.
Tu vas bientôt découvrir qui est mon frère. Je
me sens beaucoup mieux maintenant, même si je
suis en train de mourir. C'est drôle, n'est-ce pas ?
On ne dit pas qu'on se sent bien en approchant
de la mort. Je sais que le temps de mourir arrive
enfin.

Je confesse maintenant la vérité. Ce n'est pas
la bombe atomique qui a tué mon père. C'est moi
qui l'ai tué. C'est une coïncidence que la bombe
atomique soit tombée le jour de sa mort. Il semble
qu'il serait mort ce jour-là d'une manière ou d'une
autre. Je n'ai aucune intention de me défendre du
crime que j'ai commis. Dans les circonstances,
je n'avais d'autre choix que de le tuer, même si
c'était un parent exemplaire et qu'il n'y avait rien
de mal entre nous.

Yukio est le fils de mon père et de sa maîtresse.
Cela veut dire que nous sommes demi-frère et
demi-sœur. La mère de Yukio aimait mon père
quand elle était jeune, mais il s'est marié avec ma

mère. Après son mariage, il a continué à avoir une liaison avec la mère de Yukio. Et mon demi-frère est né la même année que moi. Quatre ans plus tard, elle s'est mariée avec un homme qui voulait adopter Yukio, croyant que le père de Yukio avait disparu et ne reviendrait plus. Et ils sont tous partis de Tokyo pour s'installer à Nagasaki, car les parents du mari n'acceptaient pas leur mariage.

Quand j'avais quatorze ans, nous sommes aussi partis à Nagasaki. Yukio et moi sommes tombés amoureux sans savoir que nous avions le même père. Un jour, j'ai découvert ce qui s'était passé entre mon père et la mère de Yukio. Je ne pouvais dire à Yukio cette vérité et je n'avais plus qu'à le quitter pour toujours.

Après quelques années, j'ai rencontré ton père qui était déjà sur le point de partir pour un pays inconnu. J'ai accepté de l'épouser. Je travaillais de toutes mes forces à ses côtés pour ne plus avoir le temps "d'y" penser. Aux funérailles de ton père, on disait qu'il avait dû être heureux avec une femme dévouée comme moi. Tu t'en souviens ? Mais c'est moi qui ai eu de la chance de vivre avec un homme sincère comme lui. Ton père était têtu, mais il était honnête envers moi.

J'aimais la vie simple et les gens en qui je pouvais avoir confiance, comme madame S. aujourd'hui. Vivre dans ce monde, c'est déjà assez compliqué. Pourquoi doit-on chercher une autre complication ? »

Mon Dieu... Ma mère a tué son père. Ma mère a tué mon grand-père à Nagasaki le jour où la bombe atomique est tombée. Comment ?

Je regarde par la fenêtre. Il ne pleut plus. J'aperçois mon fils dans la rue qui s'approche de la maison. Je regarde la pendule sur le mur blanc. Il est déjà quatre heures. Je remets la lettre de ma mère dans l'enveloppe et cache les deux ensemble sur l'étagère dans le buffet du salon.

— J'ai faim, maman !

En entrant dans la maison, mon fils jette son sac à dos sur le fauteuil.

— Qu'est-ce qu'il y a ? Tu es pâle comme la mort, dit-il, inquiet.

— Je viens d'aller chez l'avocat. Il faisait froid ce matin, je me suis mouillée.

— Je crains que tu n'attrapes froid. Je peux te faire du thé chaud.

— Merci, tu es gentil.

Nous entrons dans la cuisine.

— Et tout s'est bien passé chez l'avocat ?

— Oui, mais je vais devoir chercher quelqu'un que ta grand-mère n'a pu trouver et lui remettre une enveloppe qu'elle m'a laissée à son intention chez l'avocat.

Je lui parle en me demandant si elle a essayé d'aller à la recherche de son frère.

Mon fils continue :

— Qui est-ce ?

— Je ne sais pas.

Je n'ose lui dire la vérité maintenant. C'est trop tôt.

— Son amoureux, peut-être ?

Il sourit. Je lui réponds faiblement :

— Non, je ne pense pas que ce soit son amoureux. Grand-mère aimait grand-père, n'est-ce pas ?

Il ignore ma question. Après un moment, il dit :

— L'amour est autre chose.

Il ne me regarde pas. Il met la casserole sur la cuisinière.

Je demande :

— Qui a dit ça ?

— Grand-mère, répond-il.

— Est-ce qu'elle t'a dit quelque chose de cette personne ?

— Non, mais j'imagine que ça pourrait être quelqu'un de très important.

Il me sert une tasse de thé chaud. Il mange du pain, du fromage et une banane en hâte, et s'en va faire ses devoirs dans sa chambre.

Longtemps je reste là, immobile. Il fait sombre à l'intérieur. La rue est obscure à cause du brouillard. Je vais dans le salon et reprends les deux enveloppes. Je monte dans ma chambre en face de celle de mon fils. J'ai oublié le thé qu'il m'avait préparé. Je descends et le rapporte dans ma chambre. Je bois le thé déjà froid. J'ai de la fièvre. Je me jette sur le lit et m'endors aussitôt.

Le lendemain matin, vers midi, la sonnerie de la porte me réveille. Je regarde en bas par la fenêtre : c'est madame S. J'ai oublié que c'est le jour du ménage.

Elle vit encore chez ma mère, qui m'avait demandé de la laisser habiter là aussi longtemps qu'elle le voudrait. Madame S. continue à s'occuper de la maison. Elle fait aussi du jardinage : elle plante des fleurs et fait pousser des légumes. La maison et le jardin sont toujours propres. Je lui paie le même salaire que ma mère. Madame S. m'a dit, par l'entremise de son amie qui comprend sa langue, que c'était trop de recevoir le même salaire, car son travail était moindre. Je lui ai dit que c'était ma mère qui en avait décidé ainsi. Dans ce cas, a-t-elle dit, elle voulait aussi nettoyer ma maison et faire des courses pour moi. J'ai accepté. Elle nous apporte des légumes frais et, en saison, des camélias du jardin.

Cela m'aide beaucoup puisque j'ai gardé le magasin de fleurs que possédait ma mère et que j'enseigne toujours les mathématiques dans une école.

Madame S. est dans la cinquantaine. Elle n'a pas de famille. Je n'ai aucune idée d'où elle vient, j'ignore le lieu de sa naissance. Ma mère ne savait rien d'elle, mais c'était une personne en qui elle avait confiance. En descendant à la porte, je me demande si son passé est aussi lourd que celui de ma mère.

— Bonjour, madame S., dis-je en ouvrant.

Elle entre dans la maison. Aujourd'hui, elle nous a apporté dans son petit chariot des aubergines, des concombres, des haricots et des gombos du jardin. Je sens la fraîcheur des légumes. Je la remercie. Elle commence tout de suite à arranger la salle à manger. Elle nettoie toutes les pièces du rez-de-chaussée et la cave. Elle ne monte jamais à l'étage où se trouvent nos chambres. Elle comprend tout ce que je lui demande en faisant des signes de la main. Ma mère avait raison à son propos.

Je la laisse seule et je remonte dans ma chambre. Je m'installe au lit et recommence à lire la lettre.

« Maintenant, Namiko, je vais tenter de décrire ce qui, selon moi, est arrivé dans notre famille. Ça s'est passé il y a plus d'une cinquantaine d'années. Mais le temps n'a pas affaibli ma mémoire. Je me souviens de tous les détails.

Deux ans avant la bombe, nous nous sommes installés à Nagasaki pour le travail de mon père, qui était pharmacologue. Il travaillait dans le laboratoire d'une grande compagnie à Tokyo. On l'avait muté dans une succursale de la compagnie à Nagasaki. Il était censé remplacer un collègue qui devait bientôt partir en Mandchourie.

Après trois mois au centre-ville de Nagasaki, mon père nous dit qu'il avait trouvé une autre maison, mieux que celle que nous habitions. Cette deuxième habitation se trouvait dans un petit quartier dans la vallée d'Uragami située à trois kilomètres d'où nous étions.

Ma mère dit d'un ton ennuyé :

— Pourquoi encore déménager ? C'était assez dur de partir de Tokyo pour une petite ville. Et maintenant, tu nous demandes de vivre dans un village !

Ma mère était née dans une famille bourgeoise bien connue à Tokyo. Elle ne supportait guère la vie à l'extérieur de la capitale. Pour elle, la seule raison acceptable de venir à Nagasaki était une lointaine cousine qui habitait le centre-ville. Le mari de cette cousine était chirurgien dans l'armée.

Ma mère ajouta :

— En plus, nous sommes toujours *yosomono*. Comprends-tu ? Qui t'a recommandé cette maison ?

— C'est un de mes amis. Il habite avec sa famille dans ce bâtiment, répondit-il.

— Tu parles de quel ami ?

— Je l'ai connu à l'université, à Tokyo. Nous y étudiions ensemble.

— C'est la première fois que tu me le dis.

— L'autre jour, je l'ai rencontré par hasard au laboratoire.

— Est-ce un client ?

— Non, il est aussi pharmacologue.

Ma mère sourit, l'air content.

— Tu veux dire que c'est un collègue ?

— Oui, c'est un collègue maintenant.

— Il a dû venir de Tokyo comme nous, n'est-ce pas ?

— Oui, comme nous.

— A-t-il des enfants ?

— Oui, il en a un.

— Un garçon, une fille ?

— Un garçon.

— Quel âge a-t-il ?

— Je pense qu'il a presque le même âge que Yukiko.

La conversation entre eux ressemblait à un interrogatoire de police : ma mère voulait connaître chaque détail alors que mon père en disait le moins possible.

Il ajouta :

— C'est mieux qu'au centre-ville pour éviter les bombardements.

Cela convainquit ma mère. Ainsi nous avons emménagé dans la vallée d'Uragami.

Le laboratoire où mon père et son collègue travaillaient était situé au centre d'Uragami. Yukio et moi fréquentions aussi les écoles de ce quartier. Ensuite, nous avons travaillé à l'usine d'armement, à la fin de la guerre. Ironiquement, la bombe atomique est tombée sur ce quartier.

Le petit quartier où nous vivions fut détruit par le souffle de l'explosion. Tous ceux qui y étaient restés ce matin-là moururent sur-le-champ, dont beaucoup de gens venus des villes voisines se mettre à l'abri des bombardements, comme nous. »

« Nous avions emménagé dans une maison jume-
lée possédant un toit en pente. La porte de chaque
maison était située à un bout du bâtiment : la nôtre
à droite et l'autre à gauche. Au centre, une haie
formait une division.

À l'origine, il n'y avait qu'une maison. L'ancien
propriétaire l'avait aménagée pour la louer. Les
structures de chaque maison étaient exactement
symétriques.

Je n'avais jamais vu un bâtiment aussi vieux et
aussi solide. Les poteaux d'angle étaient gros et
droits comme des chênes sauvages. Les solives du
plafond n'étaient pas droites : on leur avait laissé
la forme originelle de l'arbre.

Il y avait dans une pièce une échelle escamotable pour monter au grenier. Celui-ci était
spacieux, car il n'y avait pas de mur de division
au centre. La moitié de l'espace était déjà occupée
par les affaires de l'autre famille. Entre certaines
planches, il y avait des fentes à travers lesquelles
on pouvait entrevoir une petite partie des chambres
au-dessous.

Devant le bâtiment courait un ruisseau étroit. Des saules pleureurs en suivaient le bord. On y trouvait des loches. De l'autre côté, il y avait un bois de bambous avec des camélias. À l'occasion, je m'y promenais seule ou avec Yukio.

Le jour du déménagement, il faisait exceptionnellement froid et pluvieux pour le début de l'été. C'était la saison des *biwa*. Il y avait des fruits jaunes partout. La famille du collègue était devant notre maison pour nous aider. Lorsque nous sommes arrivés avec le camion de déménagement, le collègue, monsieur Takahashi, nous présenta sa famille :

— Voici ma femme et notre fils.

C'était un homme solide avec une voix forte. Il parlait très clairement et sa femme nous salua en s'inclinant un peu. Le garçon restait debout, derrière sa mère. Mon père nous présenta de la même façon.

— Tout le monde a bien un nom, n'est-ce pas ?

Ma mère se moquait des hommes et monsieur Takahashi rit. Il avait les dents bien alignées, blanches et éclatantes. Ma mère demanda gentiment son nom au garçon :

— Je m'appelle Yukio. Enchanté, dit-il.

— Yukio ? Quelle coïncidence ! Notre fille s'appelle Yukiko. Salue-les, Yukiko, dit ma mère en tenant mes épaules.

— Enchantée.

Je m'inclinai devant la famille Takahashi. Nous avons commencé à décharger le camion. Ma mère et monsieur Takahashi parlaient sans arrêt. Les autres se taisaient.

Ma mère dit :

— Je suis très contente d'avoir rencontré des voisins de Tokyo. Je ne connais personne ici sauf une lointaine cousine qui habite au centre-ville de Nagasaki.

— Nous le sommes aussi. Nous habitons ici depuis dix ans, mais nous sommes toujours *yoso-mono*. Ma femme reste à la maison et n'aime pas avoir des amies d'ici. J'espère que vous vous entendrez bien. D'ailleurs, je dois partir dans un mois en Mandchourie. Je travaillerai dans un hôpital.

— En Mandchourie ? Alors, c'est vous qui partez là-bas !

Elle se tourna vers mon père :

— Tu ne me l'avais pas dit.

— Quelle importance ? Cela ne te regarde pas, dit mon père sèchement.

— Les hommes ! Les hommes sont toujours comme lui, monsieur Takahashi ? demanda-t-elle à notre voisin.

— Plus ou moins. Chez nous, c'est moi qui pose des questions, dit-il en riant.

— Vous y allez aussi ? demanda ma mère à madame Takahashi, qui transportait de petits cartons.

— Non, je resterai avec Yukio, dit-elle.

Ma mère tourna la tête vers monsieur Takahashi et lui dit :

— Combien de temps devez-vous rester là-bas ?

— Six mois.

— Ce sera très dur pour votre femme et Yukio. Bien sûr, nous les aiderons au besoin, suggéra-t-elle en regardant mon père, qui acquiesça de la tête.

Monsieur Takahashi dit en souriant :

— Merci. Cela me sera plus facile de partir. Le temps passe vite, six mois ne seront rien. Imaginez-vous, nous avons étudié à la même université il y a presque vingt ans. Et voilà que maintenant nous sommes ici comme si c'était hier.

Monsieur Takahashi partit donc, et madame Takahashi resta avec Yukio après son départ. Mon père était toujours très pris par son travail au laboratoire. Ma mère fréquentait sa cousine ou rendait visite à madame Takahashi sous prétexte de partager les légumes que sa cousine nous donnait souvent et qui provenaient du jardin potager de ses beaux-parents. Ma mère avait toujours besoin de quelqu'un à qui parler et à qui poser des questions. Au contraire, madame Takahashi ne nous rendait jamais visite. Il me semblait qu'elle n'aimait pas bavarder.

De temps en temps, je trouvais que madame Takahashi était une femme attirante. Les paupières un peu épaisses. Des cils très longs. Les lèvres rouges comme un bouton de fleur. Les seins abondants. Arrangés en tresses, ses cheveux étaient vraiment très noirs contre son visage blanc. C'était une femme sensuelle. Malgré tout, elle avait des yeux mélancoliques et nostalgiques. »

« Un jour, ma mère dit à mon père pendant le dîner :

— Tu savais que madame Takahashi était orpheline ? Elle a été élevée à l'orphelinat. Ma cousine connaît la famille de monsieur Takahashi. Yukio n'est pas son fils. Il a été adopté par monsieur Takahashi lors du mariage. Yukio ne sait pas qui est son vrai père. Les parents de monsieur Takahashi n'approuvaient pas le mariage de leur fils avec une orpheline ni l'adoption de son enfant. C'est pour cela que monsieur Takahashi a quitté Tokyo avec eux.

— Ça ne m'intéresse pas du tout.

Il mangeait comme si cela ne le concernait pas. Malgré tout, ma mère continua :

— Comment monsieur Takahashi a-t-il fait sa connaissance ?

— Qu'est-ce que ça veut dire, comment ?

— Je veux dire comment a-t-il pu se marier avec une femme sans instruction et sans famille du tout ?

— L'as-tu aussi questionnée au sujet de son éducation ? Ça suffit !

Il semblait vouloir éviter le sujet. Il dit :

— C'est un deuxième mariage pour mon collègue.

— Ça s'explique ! Le divorce, c'est la honte.

Elle était contente de cette réponse mais continua :

— Pourquoi a-t-il divorcé de la première ? Personne ne divorce facilement sans raison grave.

— La première l'a quitté, car sa belle-mère lui reprochait sa stérilité.

— Comment savoir que c'était elle qui était stérile ? Ç'aurait pu être lui. L'une de mes amies à Tokyo, qui n'avait pas d'enfants, a quitté son mari parce que sa belle-mère, comme la mère de monsieur Takahashi, l'avait rendue responsable de leur infertilité. Puis elle s'est remariée et elle a maintenant trois enfants. Les enfants ressemblent beaucoup à son mari. Elle est très heureuse. Tu peux imaginer ce qui s'est passé avec son ancien mari ?

— Je m'en fous !

— Il s'est aussi remarié mais ça ne marchait toujours pas. Alors, sa mère s'est arrangée pour que son fils cadet couche avec cette deuxième femme, de façon à avoir au moins un enfant. Celle-ci s'est retrouvée enceinte. Son mari était très content : il croyait que c'était son enfant. Mais sa femme et son frère sont tombés amoureux. Quand sa femme a accouché, elle est partie avec son beau-frère et leur enfant. Avant, elle a dit la vérité à son mari. Il est devenu fou, il a tenté de tuer sa mère. Il est maintenant dans un asile. Même sans la guerre, on peut devenir fou.

— Arrête !

— Ce sont des choses qui arrivent. Calme-toi.

— Je te le répète ! Je m'en fous si mon collègue est stérile ou non. Il est pharmacologue comme moi. Toi, sois discrète. Il n'est pas nécessaire que tu dises une telle chose à madame Takahashi. Au moins, c'est une femme. C'est une raison suffisante pour se marier avec elle ou avec n'importe quelle autre femme.

— Oui, c'est suffisant pour coucher avec elle mais pas pour l'épouser, dit-elle.

Mon père, fâché et énervé, sortit. C'était tellement rare de le voir se fâcher si facilement qu'elle n'aborda pas le sujet pendant quelque temps.

À vrai dire, mon père et ma mère n'avaient rien en commun. Ils ne se parlaient guère des choses quotidiennes. Mon père détestait son bavardage. Pour s'y soustraire, il lisait tout le temps à la maison.

S'il y avait des occasions où ma mère était contente de mon père, c'était quand il s'occupait de Yukio pendant l'absence de monsieur Takahashi. Il l'invitait souvent chez nous ou l'emmenait au laboratoire pour lui montrer les installations. Ma mère croyait que mon père essayait d'aider son collègue absent. Elle disait en souriant : "Je suis heureuse que tu t'occupes si bien de Yukio. Monsieur Takahashi doit apprécier."

Quant à moi, je portais de l'intérêt aux connaissances de mon père en sciences, en histoire, en musique, en langues étrangères. À Tokyo, il amusait les enfants des voisins en montant des expériences scientifiques, en jouant du violon et du piano. J'étais fière de lui.

Avant la guerre, il était allé en Amérique du Nord et en Europe pour étudier les langues et la musique. Il disait qu'il avait appris la démocratie en Amérique du Nord et la philosophie en Europe. Il devait demeurer en Allemagne la plupart du temps. Pourtant, il allait souvent en France et y séjournait durant toutes ses vacances.

Il me disait : "Tiens compte du réel comme les scientifiques, réfléchis bien avant d'agir, sois réaliste, ne mélange pas une chose avec une autre." Ces idées me plaisaient beaucoup. J'adorais mon père dans tout ce qu'il faisait et tout ce qu'il disait.

Il me lisait des livres chaque soir, me tenant sur ses genoux. Après son travail, il m'emmenait au parc pendant que ma mère préparait le dîner. Je jouais avec un autre enfant dans un terrain de sable. Mon père lisait sur un banc près de nous.

C'était toujours le même garçon. Je croyais que c'était l'enfant d'un voisin. Nous nous entendions bien. Les femmes du quartier disaient à ma mère : "Vous avez de la chance ! Mon mari ne consacre pas assez de temps aux enfants."

Mon père était toujours propre. Il ne fumait pas, il ne buvait pas d'alcool non plus. Seulement, il sentait les médicaments. »

« Je ne connaissais personne à ma nouvelle école. J'étais toujours *yosomono*. Je ne comprenais pas bien leur dialecte. Tout le monde venait de cette région. Les filles autour de moi n'étaient pas méchantes mais elles se tenaient à distance de moi.

Je me promenais dans le bois de bambous. C'était tellement tranquille. Je m'asseyais toujours sur la même pierre. Le vent soufflait doucement. Je n'entendais que le bruit des feuilles.

Un jour, je vis Yukio assis sur la pierre et lisant un livre. C'était la première fois que nous nous rencontrions ainsi. M'apercevant, Yukio me dit bonjour. Je lui dis bonjour aussi. Il n'y avait personne d'autre que nous. Je sentais que mon territoire était envahi. Peut-être le sentait-il aussi. Je ne le lui demandai pas. Au lieu de cela, je lui dis :

— J'aime cet endroit. C'est calme.

— Oui, moi aussi.

Yukio avait les yeux nostalgiques de sa mère. Il me demanda :

— Tu te fais à la ville ?

— Non, pas encore. Je n'ai pas d'amies ici, et toi ?

— Moi non plus.

— Mais comment ça ? Tu habites ici depuis dix ans.

— Je me suis habitué à être seul depuis que je suis petit, car ma mère me gardait toujours à la maison. Ça ne me faisait aucune différence où j'allais ni combien de temps je restais au même endroit.

Je dis en riant :

— C'est pratique !

Je n'imaginais pas qu'il me parlerait si franchement. Il m'invita à m'asseoir sur la pierre. Je pris place à côté de lui comme si nous nous connaissions depuis longtemps.

Je lui demandai :

— Qu'est-ce que tu lis ?

— Une histoire scientifique. C'est un livre que ton père m'a donné l'autre jour.

Il me le montra. J'en fus un peu surprise, mais je lui dis :

— Mon père voulait avoir un garçon qui aime les sciences. Moi et ma mère n'aimons pas les sciences. Pauvre père !

— Qu'est-ce que tu aimes ?

— J'aime lire, mais des romans. C'est interdit maintenant de lire de telles histoires. Tous les livres que j'aime ont disparu à cause de la guerre.

— C'est dommage. Ma mère en a gardé quelques-uns, je crois. Je lui en demanderai.

— Oui ? Merci !

Nous avons parlé ainsi pour la première fois dans le bois de bambous. Par la suite, il nous arriva de lire tranquillement un livre sur la pierre, l'un à côté de l'autre.

Il y avait deux ponts pour aller au bois. Notre bâtiment était situé entre ces deux ponts. Nous ne traversions pas le même. Je prenais celui de droite et lui celui de gauche. Nous ne convenions jamais de nous y rencontrer. J'étais quelquefois seule et il l'était quelquefois aussi. Graduellement, nous commencions à ressentir l'absence de l'autre. »

« C'était le premier hiver à Nagasaki. Yukio reçut une lettre de son père lui annonçant qu'il devrait rester en Mandchourie plus longtemps que prévu. Yukio était déçu. Sa mère attendait son mari sans se plaindre. Personne ne savait pourquoi il devait rester plus longtemps là-bas et mon père n'en disait rien du tout.

Un soir, je sortis pour me promener comme d'habitude dans le bois en souhaitant que Yukio soit là. Je fus heureuse de l'apercevoir à l'autre bout du chemin. Nous nous sommes approchés de la pierre et nous nous sommes assis.

Je dis :

— Je suis désolée que ton père ne revienne pas encore.

Il se taisait. Je tremblais de froid.

— Tu ne portes qu'un chandail ! cria-t-il.

Il portait un gros manteau de son père. Il l'ouvrit pour que je puisse m'y réchauffer. Bien que son geste m'ait étonnée, je m'appuyai contre sa poitrine. La chaleur courait dans mon corps.

Couverte du manteau, je restais immobile. J'entendais le vent souffler doucement dans les feuilles de bambous. La tranquillité et la paix étaient entre nous et autour de nous. Le temps s'arrêtait.

Je voyais des boutons de camélias, bien tenus par les calices. C'étaient les camélias qui fleurissent en hiver. Dans la campagne près de Tokyo, quand il neigeait, je trouvais les fleurs dans le bois de bambous. Le blanc de la neige, le vert des feuilles de bambous et le rouge des camélias. C'était une beauté sereine et solitaire. »

« Deux ans avaient passé depuis notre arrivée à Nagasaki. Encore la saison des fruits de *biwa*. Yukio était sans nouvelles de son père. On ne savait plus s'il était toujours en vie.

Hitler se suicida, l'Allemagne renonça à la guerre. On entendait le mot *gyokusaï* : mourir vaillamment, combattre jusqu'à la mort. En effet, déjà beaucoup de soldats se faisaient *gyokusaï* au champ de bataille, dans des îles du Pacifique.

La plupart des villes du Japon furent détruites par les bombes des B-29 américains. Mes grands-parents maternels et paternels s'étaient réfugiés dans la campagne près de Tokyo.

Il n'y avait plus d'études. Nous devions travailler dans une usine réquisitionnée par l'armée. Notre travail était tous les jours le même. On s'asseyait devant le tapis roulant et on assemblait des morceaux en métal : des parties d'avions de combat. Ce travail était ennuyeux et fatigant.

Un jour, dans le bois de bambous, Yukio me dit :

— La guerre se terminera bientôt. Il le faut. On ne pourrait pas gagner la guerre même en faisant travailler les enfants. Il n'y a pas de liberté. Pas du tout. On n'a pas le droit de dire ce qu'on pense. Ce n'est pas à cause de la guerre. C'est une mentalité dangereuse qu'on a ici. On ne cherche que le pouvoir. On ne fait pas la guerre pour la liberté.

Sa voix était rarement nerveuse. En roulant la manche gauche de sa chemise, il me montra son bras. Je vis une marque livide sur sa peau. C'était la marque d'un coup. Je me levai et regardai son visage en face. Je lui demandai, très inquiète :

— Qui t'a fait ça ?

— C'est un commandant qui venait à l'usine. Ce matin, j'ai vu un jeune travailleur fouetter le dos d'un Coréen jusqu'au sang. Il l'accusait d'avoir volé de la nourriture. J'ai saisi le jeune travailleur par les bras et je lui ai dit : "Tout le monde a faim. Pardonnez-lui, s'il vous plaît." Le Coréen s'est défendu : "J'ai toujours faim, mais ce n'est pas moi qui ai volé." J'ai demandé alors à ce jeune travailleur qui semblait avoir le même âge que moi : "Vous l'avez vu voler ?" Il m'a répondu, très fâché : "Non, mais il était là-bas ! Il n'y avait que lui, ce Coréen. C'est une preuve suffisante !" J'ai insisté : "Ce n'en est pas une et ce n'est pas nécessaire de fouetter quelqu'un de toute façon." Aussitôt après, le travailleur en a parlé au commandant. On m'a ordonné d'aller le voir. Il m'a dit : "Tu dois lui obéir. Il travaille ici depuis plus longtemps que toi, il est plus âgé que toi et tu n'es qu'un étudiant. C'est clair. Nous nous battons contre les Américains pour l'unité et la paix en Asie. Pour l'unité, l'ordre est très important. Comprends-tu ?" Je lui ai dit : "Je voulais dire simplement la vérité. Ce garçon coréen disait qu'il n'avait pas volé et le travailleur ne l'avait pas vu voler." Au lieu de me laisser finir, le commandant m'a donné un coup sur le bras gauche avec un bâton, ajoutant : "Tu n'as pas encore compris ! Ce n'est pas le temps de chercher la vérité. C'est l'unité qu'on doit chercher. Pour l'unité, il faut obéir aux ordres. Si tout est bien ordonné et bien respecté, la paix arrivera automatiquement. Donc tu dois obéir aux ordres. C'est tout. Va-t'en !"

— Quelle logique ! dis-je en criant.

— Oui, quelle logique. On est tous fous.

— Mais fais attention ! Tu deviendras aussi fou en te battant avec les fous.

Il sourit enfin.

— Tu étais brave d'arrêter ce travailleur, dis-je. Je suis fière de toi, Yukio. Je ne supporte pas la violence, moi non plus. Mais qui a volé ?

— Je ne sais pas. Là n'est pas la question. Ton père a raison ! C'est une mentalité fermée.

Yukio me serra doucement contre sa poitrine et posa son menton sur ma tête. Je pouvais entendre les palpitations de son cœur. C'était le moment où je pouvais oublier tout ce qui se passait autour de nous : la guerre, le travail à l'usine, la solitude. Je ne pensais qu'à nous.

Yukio me dit :

— Comme j'aimerais que nous habitions seuls dans une île que personne d'autre ne connaîtrait !

Je tins ses mains fortement. C'était ma réponse. Après un long silence, je me levai et regardai Yukio. Les larmes lui montaient aux yeux. Il m'embrassa légèrement sur les lèvres. Mon corps brûlait. »

« Un jour, dans le bois de bambous, Yukio me dit, m'assurant que j'étais la première à qui il se confiait :

— J'ai été adopté quand j'avais quatre ans. Ma mère aimait auparavant un homme, mais le mariage n'a pas pu se faire. Les parents de cet homme ne l'acceptaient pas. Ma mère était orpheline et n'avait pas assez d'éducation. Pas d'argent non plus. Les parents de l'homme craignaient que ma mère ne cherche que l'argent. Elle a accouché de moi en dehors du mariage. L'homme a refusé de me reconnaître légalement. Les enfants des voisins m'appelaient *tetenashigo*. Je me souviens de cet homme qui jouait avec moi quand j'étais petit. Il venait nous voir toujours après le coucher du soleil, mais il ne passait pas la nuit chez nous. Quand ma mère préparait un repas spécial pour le soir, c'était le jour où cet homme devait manger avec nous. Mais il ne se montrait pas souvent. Nous restions assis longtemps devant le repas, en vain. Ma mère était triste et pleurait. Il ne sortait jamais avec nous. Ma mère m'emmenait au parc avant le coucher du soleil. Il s'y rendait aussi, avec sa fille. Elle l'appelait "papa". Ma mère nous quittait chaque fois en disant qu'elle reviendrait dans une heure. Je jouais avec cette fille près de son père. Je ne comprenais pas dans quelle situation j'étais. J'appelais cet homme *ojisan*. Il devait être marié avec quelqu'un d'autre. J'avais quatre ans quand ma mère s'est mariée avec celui qui est devenu mon père aujourd'hui. Ses parents n'étaient pas d'accord non plus et mon père adoptif est parti avec ma mère et moi à Nagasaki. On croit mon vrai père disparu, car ma mère le dit ainsi. En réalité, il doit être quelque part à Tokyo avec sa femme et sa fille.

Dans le bois de bambous, Yukio et moi marchions en nous tenant toujours la main. C'était le seul endroit où nous pouvions agir ainsi.

Il me demanda :

— Si nous voulons nous marier un jour, est-ce que tes parents accepteraient ?

Je répondis :

— Mon père en serait heureux parce que tu es quelqu'un d'intelligent. Ce qui compte pour lui, c'est toujours la connaissance. En plus, il t'aime beaucoup. Quant à ma mère, je ne sais pas. Elle ne se soucie que de la réputation de la famille. Mais ton père est brave ! Il a quitté ses parents pour vous, toi et ta mère. Je n'aime pas du tout cet homme qui t'a abandonné à cause de ses parents.

Ta mère devait souffrir beaucoup et se sentir bien seule. Et toi, qu'est-ce que tu ferais si ma mère nous disait non ?

— Je disparaîtrais avec toi !

Nous avons souri ensemble. »

« Au travail, je ne parlais qu'avec une fille qui s'asseyait à côté de moi. Elle s'appelait Tamako. Elle était ouvrière. Des étudiants de mon école me méprisaient de lui parler. En fait, personne sauf moi ne lui adressait la parole. Au début, je ne savais pas pourquoi. C'était une fille ordinaire. Après quelques mois, elle me dit : "Mon frère a été capturé à Saïpan et tué par les Américains. On dit qu'être fait prisonnier, c'est assez honteux ; mais être tué par eux, c'est le pire affront pour un soldat. Mon père dit qu'il ne sait comment s'en excuser auprès de l'empereur. Il est devenu très faible à cause de cela. On dit que mon frère aurait dû se suicider avant sa capture. Mais j'aimais mon frère et je l'aime toujours. Ma mère est aussi très triste."

Un jour, pendant une pause à l'usine, je restai à l'ombre d'un arbre. Tamako me rejoignit.

Elle me dit :

— Je veux te montrer quelque chose.

Elle sortit un sachet blanc en coton caché sous sa chemise d'été. Je le regardai avec curiosité.

Il y avait deux petits papiers blancs pliés. Je lui demandai :

— Qu'est-ce que c'est ?

Tamako déplia l'un deux. C'était de la poudre cristalline.

Je lui demandai encore :

— Du sucre ?

À cette époque, le sucre était rare et précieux. Tamako secoua la tête. Elle me dit :

— Non, c'est du cyanure de potassium.

— Du cyanure de potassium ? dis-je, étonnée. C'est un poison ! Pourquoi as-tu une chose aussi dangereuse ?

Tamako m'expliqua à voix basse :

— Parce que c'est un poison fatal. Si j'étais capturée par les Américains, je pourrais me suicider. Je peux t'en donner, car tu es gentille avec moi.

Elle me tendit l'un des deux paquets. Je le refusai.

— Non ! Je ne veux pas me tuer pour quoi que ce soit.

Tamako fut déçue et le remit dans le sachet.

Mon père me disait que le problème, c'était l'ignorance des gens. Le manque d'information. Il ne croyait pas du tout à l'idée de la colonisation de l'Asie par le Japon, à cause de la mentalité de l'armée. "C'est ridicule", disait-il. Je le croyais. »

« On manquait de plus en plus de nourriture. La cousine de ma mère ne pouvait plus nous fournir en légumes du potager. Ses beaux-parents étaient tombés malades. Elle devait s'occuper d'eux. Et puis son mari avait été envoyé à Taïwan. Épuisée, elle était tombée malade aussi. Ma mère décida d'aller l'aider. Elle resta chez elle une semaine. Cela ne nous dérangeait pas, mon père et moi. Il travaillait toujours au laboratoire et moi j'étais toute la journée à l'usine.

Un après-midi, en l'absence de ma mère, j'eus soudain une forte fièvre pendant mon travail. À contrecœur, le directeur de l'usine me laissa retourner à la maison. Il n'y avait personne chez nous, mais c'était mieux que de rester à l'usine. Je voulais seulement me coucher le plus tôt possible.

Comme d'habitude, j'ouvris la porte coulissante. Je pénétrai dans la petite entrée où l'on enlevait les souliers avant de monter aux chambres.

Je trouvai les souliers que mon père portait au travail. "Papa ?" l'appelai-je. Pas de réponse. J'allai dans sa chambre. Personne. C'était étrange, car ce matin-là il avait quitté la maison plus tôt que moi.

Je me couchai sur les tatamis de ma chambre. Tout était parfaitement tranquille. Pourtant, je pouvais entendre des chuchotements provenant de la chambre de Yukio.

"Yukio est déjà de retour de l'usine ? Non, ce n'est pas possible... Ou monsieur Takahashi est revenu de Mandchourie ?" me demandai-je. J'écoutai les voix attentivement. C'étaient celles de mon père et de madame Takahashi !

Je me levai. Je ne comprenais pas ce qui se passait. "Pourquoi est-il chez elle à cette heure-ci ?" Je retournai dans l'entrée où il y avait ses souliers. Je voyais aussi ses sandales. "Est-il allé chez madame Takahashi pieds nus ?" En marchant sur la pointe des pieds, j'entrai dans la chambre de mon père. La porte coulissante de l'*oshiire* était ouverte. À l'intérieur, il y avait une étagère sur laquelle on mettait des futons. Au-dessous de l'étagère se trouvaient les cartons que mon père avait ordonné de ne pas déplacer. Il y en avait quatre et l'un d'eux avait été sorti hors de l'*oshiire*.

Je m'agenouillai devant l'*oshiire*, qui était contre un mur mitoyen, et regardai à l'intérieur. Au fond dans l'ombre, il y avait une planche posée sur le mur. Elle s'enleva facilement. Derrière, je vis une ouverture par laquelle on pouvait traverser. De l'autre côté, c'était l'*oshiire* jouxtant la chambre des parents de Yukio. L'intérieur était tout sombre. Je touchai quelque chose de dur comme un coffre de bois. Je n'entendais rien. Mon père et madame Takahashi devaient se trouver de l'autre côté du mur de ma chambre, dans celle de Yukio.

Je me rappelai que l'échelle escamotable qui donnait accès au grenier était dans la petite pièce au coin de la maison. Je n'entrais guère dans cette pièce, car il n'y avait que les cartons contenant des kimonos et des ustensiles de cuisine dont nous ne nous servions plus pendant la guerre, non plus que de l'échelle.

Je montai sur un des cartons, je tirai la corde de l'échelle qui pendait du plafond. Je la fis descendre mais je décidai de retourner dans l'entrée pour chercher mes souliers : il était possible que mon père soit de retour avant que je redescende. Finalement, je montai au grenier, mes souliers à la main. Et je levai l'échelle.

J'oubliais ma fièvre. »

J'arrête de lire la lettre de ma mère. Je soupire. Moi aussi, j'oubliais que j'avais de la fièvre. L'émotion due au choc que j'ai ressenti s'est un peu atténuée. J'ai maintenant envie de manger quelque chose. Je me lève et descends dans la cuisine nettoyée. Madame S. est partie. Mon fils est à l'école. Je devrai commencer à travailler dès la semaine prochaine.

C'est déjà l'après-midi. Je prépare pourtant un repas du matin : du riz, de la soupe de *miso*, des œufs et des *nori*. Je mets dans la soupe des morceaux de l'aubergine que madame S. a apportée. C'était le petit déjeuner que ma mère prenait tous les matins avec mon père.

Dans mon enfance, je n'aimais pas beaucoup ce repas : je préférais manger du pain avec de la confiture et du lait. Malgré cela, je n'osais pas le dire quand j'écoutais mon père parler de la mauvaise qualité de la nourriture pendant la guerre. Il me disait que l'on mangeait n'importe quoi et que l'on volait pour survivre. Même les fleurs de certains arbres disparaissaient. Ma mère, elle, n'en parlait pas. Son silence était plus convaincant que les paroles de mon père.

Après tout, ce n'était pas la guerre qui la faisait se taire. Son silence, il était dû au meurtre qu'elle avait commis.

Je me rappelle ses paroles la veille du soir de sa mort : « Il y a des cruautés qu'on n'oublie jamais. Pour moi, ce n'est pas la guerre ni la bombe atomique. » Je me demande à nouveau ce qu'elle voulait dire par ces paroles.

Je finis de manger et monte dans ma chambre pour continuer à lire sa lettre.

« Le grenier était sombre. C'était encore l'après-midi. Il n'y avait, au bout de chaque mur, que deux petites fenêtres à barreaux de bois. La lumière du soleil pénétrait entre les barreaux. Je marchais sans bruit. J'arrivai juste au-dessus de la chambre où mon père et madame Takahashi se parlaient. "Qu'est-ce qu'il y a entre eux ?" Mon cœur palpitait.

Je cherchais les fentes entre les planches que j'avais vues quand nous y étions montés la première fois. J'en trouvai une et je m'agenouillai.

Quoi ? Je n'en croyais pas mes yeux. Mon père et madame Takahashi étaient allongés sur les tatamis, entièrement nus.

Mon regard se fixait sur le corps de madame Takahashi : elle avait les seins pointus comme ceux d'une jeune fille. La peau blanche comme la neige. Les cheveux noirs défaits tombant sur ses épaules rondes.

Étendu sur le dos, mon père avait posé la main sur la hanche de madame Takahashi dont le visage était tourné vers le mur. Sa main caressante suivait la taille jusqu'aux fesses. Je pouvais voir les yeux de mon père. C'étaient ceux d'un homme que je ne connaissais pas.

Il lui dit :

— Que ton corps est beau et doux ! Comprends-tu combien tu me manquais ?

Elle se taisait. Après un long silence, elle lui dit quelque chose, mais sa voix était si faible que je ne l'entendais pas bien, à part quelques mots : "... pas bon... pas faire..." Je collai mon oreille aux planches. De cette façon, je pouvais mieux entendre sa voix.

— Pourquoi ne me laisses-tu pas tranquille ? Mon mari a adopté Yukio il y a longtemps. C'est un bon père. Yukio l'aime beaucoup.

Mon père dit :

— Pourtant, je suis son père. C'est naturel de vouloir savoir ce que devient mon enfant. Je veux rester près de lui autant que possible.

"Mon père est le père de Yukio ? Yukio est mon demi-frère ? Ce n'est pas vrai !" Mes dents s'entrechoquaient. Graduellement, un sentiment où se mêlaient la confusion et la colère m'envahissait. Je voulais hurler. Je retenais mes bras tremblants pour ne pas risquer de faire du bruit. Malgré tout, je voulais savoir la vérité. Je devais les écouter.

Madame Takahashi dit :

— Maintenant, ma famille c'est mon mari et Yukio.

Mon père continuait à lui caresser le corps et il dit doucement :

— Qu'est-ce que tu veux dire par maintenant, après ces deux ans ? Pense à nous, à nos corps.

68

Nous sommes parfaitement complémentaires quand nous faisons cela. Nos corps forment une unité très forte. Même après dix ans de séparation. Mon mariage avec ma femme et ton mariage avec ton mari ne changent rien entre nous. Tu dis qu'il n'est pas bon de poursuivre notre liaison, mais je sais que tu m'attends toujours, et moi aussi.

Couché derrière elle, il la serra dans ses bras. Il l'embrassa sur la nuque. Il lui caressa les seins. Et lentement, il descendit sa main vers son sexe. Madame Takahashi gémit un peu en ouvrant la bouche. Ses yeux étaient fermés. Cependant, quand il embrassa son sexe, les mains sur ses seins, elle se mit à crier : "Arrête ! Arrête !" Elle saisit la tête de mon père avec ses mains. Il entra en elle.

Je ne pouvais plus les voir. Je restai immobile dans le noir jusqu'à ce que les gémissements cessent.

Désormais, je n'allai plus dans le bois, j'évitai même de regarder Yukio. Comment aurais-je pu lui révéler que nous étions demi-frère et demi-sœur et que sa mère et mon père avaient une liaison ? Ni monsieur Takahashi ni ma mère n'étaient au courant de ce qui se passait.

Je m'enfermais dans ma chambre. Je parlais le moins possible. Ce que j'avais appris dépassait mon entendement. »

« Un soir, je marchais le long de la rivière. Je me sentais lourde. Je m'assis sur la rive. J'aperçus un adolescent qui faisait des ricochets avec des pierres. Cela me rappelait un jeu auquel mon père jouait avec moi, à Tokyo, quand j'étais petite. Sur la digue, il nous montrait, à moi et à un garçon de mon âge, comment lancer de petites pierres plates sur l'eau. Le garçon les lançait très bien alors que je les lançais très mal, mais il ne se moquait pas de moi. Il ramassait des pierres qu'il partageait avec moi. Il ne parlait pas beaucoup. Un jour, je lui demandai : "Où est ton père ?" Je ne me souvenais plus de sa réponse ni de son visage ni de son nom.

L'adolescent s'arrêta de faire des ricochets. Il ramassa son sac par terre et s'en alla. Je le regardais s'éloigner.

Et tout à coup, je compris que c'était Yukio qui jouait avec moi autrefois. C'était moi dont Yukio se souvenait, cette fille avec son père dans un parc de Tokyo. Nous jouions sans savoir que nous étions demi-sœur et demi-frère.

Et encore, Yukio ne savait pas la vérité. »

« Avant le retour de ma mère de chez sa cousine, par une nuit très claire, je fus réveillée par un faible bruit provenant de la chambre de mon père. Sans doute était-ce lui qui était en train de se faufiler comme une souris par le trou dans le mur de l'*oshiire*.

Je me levai. De la même façon, je montai dans le grenier. La lumière de la lune m'aidait à retrouver les pas que j'avais faits l'autre jour. D'abord j'allai, comme la fois précédente, au-dessus de la chambre de Yukio. Il n'y avait personne. Yukio n'y était pas non plus. "Où est-il ?" me demandai-je.

Je décidai de me rendre au-dessus de la chambre de ses parents. Je cherchais l'endroit approprié. Là, je les aperçus par des interstices.

La lumière de la lune pénétrait dans la pièce à travers la fenêtre. Je pouvais les voir clairement, ils étaient nus. Madame Takahashi était assise à cheval sur le ventre de mon père, les jambes repliées sur les tatamis. Ils se regardaient. Il caressa doucement ses mamelons et le galbe de ses seins. Elle tourna la tête vers le plafond, les yeux fermés, la bouche un peu ouverte. Mon père se leva en la faisant glisser sous lui. Il l'embrassa sur le visage, sur la bouche, dans le cou, autour des mamelons. Sa main se posa sur le sexe de madame Takahashi. "Arrête !" cria-t-elle. Il entra en elle. C'était lui qui gémissait maintenant en agitant fortement les fesses. Après, ils s'allongèrent sur le dos dans la lumière de la lune.

Mon père dit :

— Ma femme sera de retour dans deux jours. Je ne peux plus supporter ton absence. Il faut que nous cherchions un endroit pour nous rencontrer.

Madame Takahashi lui dit en hésitant :

— Laisse-moi réfléchir. Je suis confuse.

— Réfléchir à quoi ? Confuse à propos de quoi ? Ne sois pas si sérieuse ! Personne ne le saura jamais. Je reviendrai demain dans la nuit. Yukio va dormir une nuit de plus chez mon collègue, qui a trouvé notre fils très intelligent et doté d'un bon esprit scientifique. Je suis très fier de lui.

Mon père quitta la chambre en passant par le trou du mur. Après quelques secondes, j'entendis pleurer madame Takahashi.

Il était trois heures du matin quand je me couchai.

Le lendemain, je me levai à huit heures. C'était l'heure à laquelle j'étais censée arriver à l'usine. Mon père était déjà parti au travail. Je me hâtai de me rendre à l'usine. Mon chef d'équipe me cria :

— Comment oses-tu arriver si tard ? Pense aux soldats qui combattent pour l'Asie, pour notre nation, pour nous et pour toi !

De sa main, il me donna un coup sur la joue. Pourtant, je ne sentis pas la douleur. Cela n'était rien à côté de ce qui s'était passé dans ma tête. L'image de mon père et de madame Takahashi faisant cette chose m'occupa toute la journée.

Le soir, je me couchai tôt. J'avais tellement sommeil. Mon père entra dans ma chambre et me demanda :

— Qu'est-ce qu'il y a ? Tu es malade ?

Je répondis sans regarder son visage :

— Non. Je suis seulement fatiguée de ma journée de travail.

Il dit doucement :

— Dors bien.

Minuit. Comme prévu, j'entendis mon père passer le mur. Je n'avais plus sommeil. J'avais dormi quatre heures. Je montai au grenier. Mon père et madame Takahashi étaient assis à côté de la table basse, habillés en kimono d'été. Ils se parlaient. Mon père l'embrassa dans le cou, mais madame Takahashi désapprouva en disant :

— Non, non... arrête... je t'en prie. J'ai quelque chose à te dire ce soir.

— Ne sois pas si sérieuse ! répétait-il en caressant ses fesses.

— Non, sois sérieux !

Elle était sur le point de pleurer.

— Pourquoi ? Je suis très sérieux quand je dis que je veux te garder jusqu'à la mort, dit mon père. Si tu as besoin d'aide financière au cas où ton mari mourrait, je serai toujours là pour toi. Quant à ma femme, ne t'inquiète pas. Elle ne s'en doute pas du tout. Elle ne s'intéresse qu'à ce qu'on dit d'elle, trop fière de sa famille. Elle se croit elle-même intelligente et pense que je ne la quitterai pas. En fait, c'est une femme stupide.

— Tu ne comprendras jamais ! dit-elle. Je voulais seulement fonder ma propre famille, avec toi et avec nos enfants. Mais tu t'es marié soudainement avec une autre femme. Tu m'as dit que tu devais satisfaire tes parents en te mariant avec elle et que tu divorcerais après la mort de tes parents. Et maintenant, tu as une enfant de ta femme, et je forme une famille avec mon mari et Yukio. Je resterai toujours avec mon mari comme tu resteras toujours avec ta femme.

— Quoi ? dit-il.

Mais elle continua :

— Je dois dire que pendant ces dix années, j'ai pu vivre en paix pour la première fois de ma vie. Sans toi.

— Qu'est-ce que ça veut dire, sans moi ?

— J'avais peur au début, car je croyais t'aimer. Je me suis mariée uniquement pour Yukio. Après tant de gentillesse de la part de mon mari, je me sens honteuse de ce que je fais maintenant dans son dos. Il a été vraiment très bien avec Yukio.

— Pourtant, Yukio est mon fils. Ne l'oublie pas, dit-il.

— Tu n'as pas le droit de dire ça ! cria-t-elle d'une voix cinglante. Tout ce que mon mari a fait, c'est tout ce que tu as refusé. Tu n'as pas voulu te marier avec moi à cause de tes parents, tu n'as pas voulu être lié légalement à Yukio, car tu croyais que je désirais m'emparer de ton argent. Toi et moi ne nous sommes jamais retrouvés ensemble à l'extérieur. Tu ne m'as présentée ni à tes parents ni à tes amis. Même avant ton mariage, c'est toujours chez moi que tu venais, et la nuit tu rentrais à ton appartement où il n'y avait personne. Tu craignais que les ragots des voisins et des amis ne parviennent aux oreilles de tes parents. J'aurais voulu me promener avec toi, voir un film au cinéma, manger au restaurant. Je n'avais que seize ans quand je t'ai rencontré.

— Alors, pourquoi n'as-tu pas refusé de refaire ça avec moi ? Tu étais contente. Tu l'as désiré autant que moi. Tu es tellement sensuelle. Tu ne l'es qu'avec moi.

— C'est peut-être vrai. Malgré ça, je me sens très mal maintenant. Je pense à mon mari. Il m'aime beaucoup. C'est fini avec toi.

Elle sanglotait. Il dit :

— Ton mari t'aime parce qu'il ne sait pas que Yukio est de moi. Il ne pourrait plus t'aimer s'il connaissait la vérité.

— Ça dépend de toi. Si tu la lui révélais, cela nous causerait beaucoup d'ennuis : à ta femme, à mon mari, à Yukio, à Yukiko, même à toute la parenté. Mon mari a bon cœur. Yukio l'aime beaucoup. Laisse-nous tranquilles ! Mon mari reviendra bientôt de Mandchourie.

— Cela aussi dépend de moi, dit-il d'une voix basse.

— Qu'est-ce que ça veut dire, "aussi" ?

— C'est moi qui me suis arrangé pour que ton mari aille en Mandchourie. Je me suis fait remplacer.

— Comment as-tu osé faire une chose pareille ? Pourquoi n'y es-tu pas allé ? Tu n'as pas pensé à Yukio ? Il a besoin de SON père.

— N'oublie pas. Je suis le père des deux, Yukio et Yukiko. D'ailleurs, je ne voudrais pas mourir à cause de la guerre. Tout le monde est embrigadé : on croit encore qu'il est possible de vaincre. Mais la question est de savoir si les Japonais vont accepter ou non la défaite. Sinon, les Américains nous détruiront complètement. Aller en Mandchourie ou n'importe où maintenant, c'est mourir ou devenir otage. Mais ton mari était heureux à l'idée de partir. Il disait que ce serait un honneur de combattre au nom de l'empereur. Quelle naïveté ! Même un garçon comme Yukio comprend la stupidité de l'armée.

— Mon Dieu...

Madame Takahashi se couvrit le visage de ses mains. Son corps tremblait. Elle dit :

— Mon mari ne voulait pas y aller. Il n'a pas eu le choix. Il ne savait rien de tout cela et c'est toi qui as manipulé tout le monde comme le fait l'armée.

— Manipulé ? Non, j'ai essayé de trouver le meilleur arrangement pour nous. Je n'ai jamais obligé qui que ce soit.

— Qui ça, "nous" ? Tu es tellement égoïste ! Tu fais ce que tu veux !

Elle sanglotait et mon père s'en alla. J'étais assise immobile, la tête dans mes bras. Les sanglots de madame Takahashi continuèrent longtemps dans l'obscurité.

Le lendemain, ma mère revint de chez sa cousine. Le soir, elle dit à mon père qui lisait un livre :

— Est-ce que c'est vrai que tu avais quelqu'un d'autre avant notre mariage ? C'est ma cousine qui me l'a dit.

Je me retournai vers mon père. Il répondit sans lever la tête :

— Qui ? J'avais plusieurs amies.

— Quelqu'un, une orpheline comme madame Takahashi, dit-elle.

— Je ne m'en souviens plus. Peu importe maintenant.

Mon père ne regarda même pas ma mère. Je craignais qu'elle n'insiste sur le sujet. Mais elle ne lui posa plus de questions. »

« Mon père avait souvent mal au ventre à cette époque-là. Il prenait un médicament deux fois par jour, le matin et le soir. C'était de la poudre blanche. Il dépliait un petit papier en cellophane, mettait le contenu dans un verre d'eau, le mélangeait avec une baguette et l'avalait d'un trait. Il répétait chaque fois cette action précisément, comme un automate.

Un soir où il faisait très chaud et humide, je m'étais couchée sur les tatamis du salon. Toutes les portes coulissantes étaient ouvertes pour que le vent circule. Pas de vent. Mon père prenait son médicament comme d'habitude, à côté de l'évier. Je le regardais distraitement. Quand il avala l'eau mélangée à la poudre, je me rappelai le cyanure de potassium que Tamako m'avait montré.

Le lendemain, à l'usine, je demandai à Tamako, discrètement :

— As-tu encore du cyanure de potassium ?

— Bien sûr, car je suis encore vivante, dit-elle en riant.

Je ne ris pas. Je lui dis :

— Puis-je en avoir ?

Ma voix tremblait. Elle ne s'en rendit pas compte. Elle me dit sans hésitation :

— Oui, avec plaisir !

Elle sortit les deux petits papiers pliés de son sachet blanc en coton. Elle me tendit l'un des deux en disant :

— Je suis heureuse que tu changes d'avis. Il ne nous reste guère de temps. Les ennemis approchent. Voilà. Garde-le bien pour toi !

Nous avons entendu l'alerte souvent. Chaque fois, nous, les étudiantes, nous réfugiions immédiatement dans un abri souterrain avec une enseignante de notre école. Elle devait venir à l'usine pour surveiller les étudiantes qui y travaillaient. Elle s'assurait que tout le monde était sain et sauf. Je me rendis alors compte que les ouvrières devaient rester à l'usine, à moins que les bombes ne tombent vraiment tout près de là.

Un matin, l'alerte sonna de nouveau. C'était huit jours avant la bombe atomique à Nagasaki. Nous travaillions à l'usine. Tamako n'était pas à côté de moi car, ce matin-là, le chef de l'usine lui avait ordonné d'emporter des documents au bureau du centre-ville. Nous avons quitté l'usine avec notre professeur pour nous réfugier dans l'abri. Nous avons entendu exploser des bombes.

Quand nous sommes retournées à l'usine, Tamako n'était pas encore de retour et je ne la vis pas du reste de la journée.

Le lendemain, le chef n'était pas venu à l'usine et Tamako non plus. On dit qu'elle a été tuée par le bombardement, dans la rue. »

« Après quelques jours, j'appris qu'une bombe très forte avait été lâchée sur Hiroshima. Ce n'était pas un engin incendiaire, mais quelque chose de totalement différent. Une seule bombe avait suffi à transformer la ville en un océan de flammes !

Des cadavres avaient flotté dans une rivière. Des gens encore vivants s'y étaient jetés pour échapper à la chaleur. D'autres, les yeux et les os saillants, avaient couru partout dans la rue en cherchant de l'eau. Ç'avait été comme une étable bloquée où les animaux tentaient de fuir l'incendie, mais en vain.

Celui qui décrivait ce carnage était un voisin qui était revenu de Kobe en passant par la ville de Hiroshima. Il en parlait à voix basse et tremblait d'épouvante. Mon père lui dit : "La guerre est finie. Nous avons de la chance de ne pas mourir."

Après le bombardement où Tamako mourut, beaucoup de filles commencèrent à s'absenter de l'usine. C'étaient des étudiantes comme moi. Ma mère insistait pour que je n'y aille pas. Je refusai en disant : "On meurt quand on meurt." Mon père me dit : "Ne sois pas bête, Yukiko. Maman a raison. Reste à la maison. La guerre finira bientôt." Je lui dis : "Je ne veux pas échapper à la guerre."

En fait, je refusai une fois d'aller à l'abri pendant l'alerte, pour rester avec les ouvrières, mais je me rendis compte que cela allait causer beaucoup de soucis à notre professeur.

À Nagasaki, depuis le dernier bombardement, on voyait des avions ennemis passer au-dessus de nous. On commençait à évacuer des personnes âgées et des enfants de la ville. Pourtant, personne ne pouvait prévoir que notre ville serait la prochaine victime d'une autre bombe atomique.

Une fois, dans la rue, je vis des prisonniers de guerre. Ils marchaient, attachés les uns aux autres par une corde. Quelques-uns sifflaient et un soldat japonais les grondait. La candeur de leur expression me laissait croire qu'ils avaient entre dix-huit et vingt ans. Les yeux bleus, les cheveux blonds ou bruns et le visage blanc. L'un d'entre eux dit en anglais à un autre prisonnier : "Qui veut la guerre ? Tu sais, je veux simplement rentrer dans mon pays où mes parents et ma fiancée m'attendent."

J'avais compris ce qu'il avait dit. J'avais appris cette langue de mon père et à l'école. La gorge serrée, je regardais ces jeunes soldats s'éloigner. Les mots "ma fiancée" me firent pleurer. »

« Le jour où la bombe atomique tomba sur Naga-saki, je me levai à cinq heures. Ma mère restait de nouveau chez sa cousine au centre-ville. Mon père dormait. Je mélangeai le cyanure de potassium au contenu des trois derniers papiers en cellophane pliés dans la boîte qui contenait le médicament de mon père et je partis. Je ne savais pas où aller. Je commençai à marcher vers le nord. Je n'avais rien apporté à manger ni à boire.

C'était peut-être vers midi. Je n'avais pas de montre avec moi. Dans une rue d'un petit village, j'entendis quelqu'un derrière moi crier : "Regardez ! Là-bas !" Aussitôt, je crus que l'on venait m'arrêter. Je me tournai vers la voix. Personne ne venait me poursuivre. Je me trompais. On pointait du doigt vers le sud. C'était un énorme nuage en forme de champignon dans le ciel ! "Quoi ?" Comme tout le monde, je regardais le nuage. Personne ne savait ce que c'était exactement. Après quelque temps, on se dit que cela devait être une nouvelle bombe larguée par les Américains sur la ville de Nagasaki. On se mit à crier : "Oh, mon Dieu ! C'est un désastre ! Quelle épouvante !"

Épuisée et encore distraite, je m'assis sur une pierre devant une maison. Le bruit des cigales était partout. Dans le jardin, un vieil homme regardait toujours vers le sud. Je voyais le chemin que j'avais pris. "Y a-t-il vraiment un désastre au bout du chemin ? Quel désastre ? Je viens d'empoisonner mon père. Qu'est-ce qui est un désastre : le nuage du champignon ou l'empoisonnement ?" Le bruit des cigales commençait à m'importuner. Je me tenais la tête dans les mains.

Il me fallut du temps avant de prendre conscience de la réalité. "Ça doit être une bombe pareille à celle qui a changé la ville de Hiroshima en océan de flammes !" Pourtant, j'avais décidé de retourner sur le chemin qui menait à Nagasaki. Je levai la tête.

Le vieil homme s'approcha de moi et me dit :

— Tu es malade ? Tu viens d'où ?

— De la vallée d'Uragami, répondis-je.

— Mon Dieu ! Tu as de la chance. N'y retourne pas tout de suite. C'est dangereux. Où est ta famille ?

— Ma mère est au centre-ville de Nagasaki et mon père est maintenant dans le quartier d'Uragami.

— Pauvre enfant ! Reste un peu chez nous. Ma femme te donnera quelque chose à manger.

— Merci, mais je dois aller chercher ma famille, dis-je en me levant.

— Attends ! Ne bouge pas. Je reviens dans une minute.

Il revint avec de l'eau dans un contenant et de l'*onigiri* et dit :

— Garde ça. Je souhaite que ton père et ta mère soient vivants. Tu dois vraiment être prudente.

Je le remerciai. Je m'en retournai par le chemin que j'avais pris.

J'arrivai dans la vallée tôt le soir. Et ce que je vis n'était que carnage. La vallée était couverte de gens gémissant et criant : "De l'eau !" Des enfants hurlaient partout : "Maman ! Maman !" Je trouvais des visages déformés, des corps brûlés ou déjà morts sur la terre. Dans la rivière, des cadavres flottaient en passant devant moi. La vallée de la mort. Elle était pleine d'odeurs mauvaises. Je vomissais constamment.

Dans la rue, je vis un homme sous un toit effondré. Quand on essaya de le secourir en le tirant par la main, son bras se détacha.

Je faillis tomber sur quelqu'un. C'était une femme. La moitié de son visage et de son corps était brûlée. Elle me tendait la main pour se lever.

Je dis :

— Je suis désolée, madame. Je dois chercher ma mère. Gardez l'eau et cet *onigiri*.

Je croyais qu'elle mourrait tôt ou tard. Elle but un peu d'eau.

— Merci... tu es gentille. Tu dois avoir de bons parents, dit-elle, les larmes aux yeux.

J'errais dans le carnage. Tout à coup, j'entendis quelqu'un siffler. Je regardai derrière moi. C'était un petit garçon assis par terre. Il était comme fou. Le sifflement me rappela les prisonniers étrangers. Je regardai dans le ciel gris. Je me demandai : "Les Américains ont-ils aussi tué leurs camarades ? Connaissaient-ils l'existence de la prison ?"

L'image des visages innocents des prisonniers restait encore dans ma tête.

J'appris que notre petit quartier avait été détruit entièrement par le souffle de la bombe et que tout le monde était mort. "Notre quartier n'existe plus ? Mon père est mort, j'en suis sûre. Madame Takahashi aussi, si elle était chez elle ce matin. Où est Yukio ? Il devait être à l'usine..."

J'allai au centre-ville, chez la cousine de ma mère. Le toit de la maison s'était effondré. "Où sont-elles, ma mère et sa cousine ? Où sont ses beaux-parents ?"

— Yukiko !

Derrière moi, quelqu'un m'avait appelée. Je tournai la tête. C'était ma mère. Elle se mit à pleurer.

Elle me dit :

— On m'a dit à l'usine que tu n'y étais pas venue ce matin, et ton père n'était pas au laboratoire non plus. Ça me paraissait étrange que ton père et toi n'ayez pas quitté la maison ce matin, comme d'habitude. Je suis retournée à la maison tout de suite. Mais toutes les maisons du quartier étaient détruites. Personne n'a survécu là-bas. Je croyais que toi et ton père, vous étiez morts. Regarde !

Elle sortit des souliers d'un sac. C'étaient ceux de mon père !

— Où les as-tu trouvés ? lui demandai-je.

— Dans les ruines de notre maison. Ton père devait être dans la maison ce matin.

— Où est le corps ?

— Je ne peux pas encore le trouver. Probablement que je ne le pourrai jamais dans des ruines pareilles.

Elle tenait les souliers très fort dans ses mains. Elle avait l'air rageur. Je ne savais pas ce qui se passait dans sa tête.

— Il est mort... Il est mort. Je voulais lui dire quelque chose mais c'est trop tard, dit-elle.

— Lui dire quoi ? demandai-je.

— Rien. Ce n'est rien maintenant qu'il est mort.

Elle avait dit cela en jetant les souliers dans le feu des ruines. Nous les regardions commencer à brûler lentement. Je croyais que ma mère avait découvert quelque chose sur mon père.

Elle me demanda :

— Où étais-tu, Yukiko ?

— J'étais chez mon amie, mentis-je.

— C'est sans importance ! Tu es saine et sauve, cela suffit ! Ma cousine et ses beaux-parents sont morts sous le toit de leur maison. Ce matin, je me suis rendue à la campagne avec madame

Takahashi pour acheter du riz en échange d'un de mes kimonos.

— Avec madame Takahashi ? Alors, elle est vivante !

— Oui. Elle a eu de la chance. Si elle n'avait pas été avec moi, elle serait morte aussi chez elle, comme ton père. La semaine dernière, je lui ai demandé si elle voulait m'accompagner à la campagne.

— Et Yukio, qu'est-ce qui lui est arrivé ?

— Je ne sais pas encore. Sa mère est partie à sa recherche. Yukiko, nous partirons pour Chichibu le plus tôt possible. Tu sais que c'est un village près de Tokyo. Tes grands-parents nous y attendent. Ils sont là depuis quelques mois pour échapper aux bombardements. À Tokyo, il n'y a plus rien à manger. »

« Le 15 août, après ces deux bombes atomiques, l'empereur Hirohito déclara la défaite du Japon à la radio. Je ne comprenais pas ce qu'il disait : sa voix n'était pas claire. Je croyais qu'il nous ordonnait de faire *gyokusaï*. On se mit à pleurer devant la radio en répétant : "La guerre est finie !" Pourtant, ce que je ressentais à ces mots, ce n'était pas le soulagement ni la joie, mais c'était le regret de ne pouvoir nous battre jusqu'à la mort.

Pour moi, c'était le début de ma guerre. J'avais manqué l'occasion de mourir pour le crime que j'avais commis.

Nous sommes restées trois semaines dans une maison à la campagne. Cette maison appartenait aux fermiers qui nous vendaient du riz. Un peu avant de partir, ma mère me dit que Yukio avait survécu à la bombe. Il restait avec sa mère chez un collègue de mon père jusqu'à ce qu'ils trouvent un endroit où demeurer.

La veille de notre départ, je croisai Yukio dans la rue.

Il me dit :

— Je ne sais pas comment dire. Ton père est mort à cause de la bombe. Il était toujours gentil avec moi. J'ai encore des livres qu'il m'a prêtés.

Je restai silencieuse, puis lui demandai :

— Qu'est-ce qu'il advient de ton père en Mandchourie ? As-tu des nouvelles de lui ?

— Oui, nous venons d'apprendre qu'il a été envoyé en Sibérie. Il est au camp de prisonniers, dit-il.

"Monsieur Takahashi aussi est vivant ?" répétais-je dans ma tête. Cependant, je ne pouvais rien répondre à cette bonne nouvelle. Un lourd silence se fit entre nous. Ce fut au moment où je m'en allais que Yukio dit :

— Pourquoi m'évites-tu ? Ai-je fait quelque chose de mal ?

Je secouai la tête. Je vis apparaître des larmes dans ses yeux. Une grosse goutte tomba sur sa joue. La douleur courut dans mon corps. Je n'étais pas capable de continuer à regarder son visage. Je me disais : "Mon frère... Tu es mon frère. Tu ne le sais pas !"

Il me dit :

— Tu ne m'aimes plus ?

— Si. Mais je ne peux plus te rencontrer.

— Pourquoi ? Qu'est-ce qui t'est arrivé ? Dis-moi, s'il te plaît.

— Ne me demande pas pourquoi, je t'en prie !

Je le quittai en courant.

— Je t'attendrai toujours ! cria-t-il derrière moi.

Ce furent les derniers mots de Yukio. Je ne pouvais plus me retourner pour le regarder. Le visage baigné de larmes, je marchai jusqu'à ce que la nuit tombe. J'entrai alors dans un petit bâtiment abandonné. Là, dans le noir, je sanglotai longtemps sans pouvoir m'arrêter. »

« Après la guerre, ma mère et moi avons demeuré chez ses parents. Elle avait des problèmes de santé à cause des radiations auxquelles elle avait été exposée pendant qu'elle nous recherchait, mon père et moi. Beaucoup de gens mouraient de maladies liées aux radiations. Même les enfants de survivants irradiés étaient affectés. Les victimes ou leurs familles dissimulaient l'existence de la maladie. Ils se taisaient et refusaient de parler de la bombe atomique.

Deux ans plus tard, une lettre de monsieur Takahashi arriva chez les parents de mon père à Tokyo. Cette lettre était adressée à ma mère. Monsieur Takahashi avait bien connu les parents de mon père quand il étudiait à l'université. Ma mère me fit aller chez ses beaux-parents recevoir la lettre. C'était la première fois que je les voyais depuis notre déménagement à Nagasaki.

Mon grand-père pleurait en me tenant les mains. Il me dit :

— Pauvre petite fille. Tu as perdu ton père. Nous avons perdu notre fils, notre seul fils. Je ne comprends pas encore pourquoi il voulait travailler à Nagasaki. Il avait un bon poste à Tokyo. S'il n'avait pas quitté Tokyo, il aurait pu survivre avec nous. Quel destin !

Dans la lettre, monsieur Takahashi racontait qu'il avait été prisonnier en Sibérie. Il avait dû travailler deux ans dans le froid persistant. Quand il retourna à Nagasaki, ses parents lui demandèrent de déménager à Tokyo, avec sa femme et Yukio. Mais il avait insisté pour rester avec sa famille à Nagasaki et continuer à travailler au laboratoire comme avant. Il nous transmettait ses condoléances au sujet de la mort de mon père. Et il était reconnaissant à ma mère d'avoir emmené sa femme à la campagne ce matin-là, même si c'était par hasard. Yukio avait commencé l'université, ajoutait-il à la fin.

Ma mère me dit en repliant la lettre :

— C'est bizarre.

— Qu'est-ce qui est bizarre ? demandai-je sans regarder son visage.

— Tout le monde qui vivait dans la maison d'Uragami a survécu, sauf ton père. Il disait souvent qu'il ne voulait absolument pas mourir à la guerre.

Je restai silencieuse. Elle m'ignora et continua :

— Yukiko, ton père et moi, nous nous sommes mariés par la volonté des deux familles. Je croyais que c'était normal de se marier avec quelqu'un qui était dans des conditions semblables de richesse et d'éducation. Mais ton père avait une petite amie avant notre mariage. Elle était orpheline. Il ne pouvait se marier avec elle puisque personne dans sa famille ne l'acceptait. Quand j'ai appris cette histoire par hasard de ma lointaine cousine à Nagasaki, j'en ai été si choquée qu'elle s'est tue immédiatement. Une fois, j'ai questionné ton père à ce sujet, mais il n'a rien dit. Je voulais savoir ce qui s'était passé avec cette orpheline. Avant d'aller à la campagne avec madame Takahashi, le matin de la bombe atomique, ma cousine m'a finalement avoué que ton père avait eu à Tokyo un enfant de cette orpheline. J'étais très fâchée contre ton père qui m'avait caché ce fait et s'était marié avec moi quand même. C'est possible qu'il ait continué la relation avec cette orpheline et avec son enfant secret pendant notre mariage. J'aurais voulu tuer ton père. Malheureusement, il a été tué par la bombe ce matin-là. Quelle ironie !

Ma mère devenait de plus en plus faible. Elle souffrait de leucémie. Elle mourut à l'hôpital. J'étais soulagée qu'elle meure sans savoir la vérité : que madame Takahashi, notre voisine à Uragami, avait été la maîtresse de mon père et que Yukio était leur enfant.

Quelques mois après la mort de ma mère, je me suis mariée avec ton père. J'avais vingt-deux ans. »

« Namiko, pardonne-moi d'avoir gardé le silence depuis des années sur mes parents et la bombe atomique. En fait, je voulais faire enterrer avec mon corps la vérité que je cachais. Cependant, questionnée sans cesse par ton fils, je m'oblige maintenant à ne plus fuir. Après avoir terminé ma lettre, je répondrai à ses questions. Cela veut dire, peut-être, te répondre aussi. Autrement, il faudrait plus de temps pour mourir. J'en ai assez. Si je n'étais pas capable de manger toute seule un jour, il vaudrait mieux que je meure. Me comprends-tu ?

En tout cas, ton fils a tout à fait raison de me poser des questions sur ses ancêtres. Sans eux, sans moi, et même sans mon crime, il n'existerait pas, et toi non plus. Il est encore jeune mais assez mûr pour comprendre mon histoire. Un jour, tu pourras lui montrer ma lettre.

Ce matin, j'ai fait un rêve.

Je longeais le cimetière près de chez moi. J'ai aperçu des gens debout vêtus en noir. Derrière eux, il y avait deux hommes avec une pelle. Je voyais souvent là des enterrements. Je me suis arrêtée toutefois, car les visages m'étaient familiers : il y avait des membres de la famille de ton père, madame S., mon petit-fils et toi, Namiko. Je suis entrée dans le cimetière et me suis approchée d'eux. Ils jetaient des fleurs sur un cercueil qui avait été mis en terre, à côté de la tombe de ton père.

J'ai demandé à l'un d'entre eux :

— Qui est mort ?

Il a tourné la tête et m'a regardée. C'était un ami de ton père, monsieur T.

— C'est madame K., a-t-il dit.

Je lui ai demandé encore :

— Madame K. ? Quelle madame K. ?

Il m'a expliqué :

— C'est madame Yukiko K. La connaissez-vous ? Elle était la femme de monsieur K., un de mes amis. Il est décédé il y a sept ans d'un cancer de l'estomac. Madame K. avait survécu à la bombe atomique à Nagasaki. C'était une femme dévouée à son mari. Ils sont maintenant unis quelque part dans le ciel.

En l'écoutant, je me suis dit, sans être étonnée : "C'est moi, madame Yukiko K. Suis-je morte ? Alors qui suis-je ?"

— Qui êtes-vous, monsieur ?

Quelqu'un derrière moi m'avait parlé d'une voix tendre et douce. J'ai tourné la tête vers la voix. C'était toi, Namiko. Je ne comprenais pas

102

pourquoi tu m'avais appelée "monsieur". En dépit de cela, je t'ai répondu :

— Je suis étranger.

Tu tenais un bouquet de camélias. Le rouge et le jaune brillaient sur le noir de tes vêtements. Les couleurs des fleurs m'ont attirée.

Tu m'as dit :

— En voulez-vous une ? Ce sont des fleurs qui s'appellent *tsubaki* en japonais. Ma mère les aimait beaucoup.

Tu m'en as tendu une. Je l'ai prise en disant :

— C'est gentil. Merci. Elle est belle.

Tu as jeté les fleurs sur le cercueil. Les hommes avec une pelle ont commencé à combler la fosse de terre. Je regardais le cercueil en me demandant qui était dedans.

J'ai quitté cet endroit. À l'entrée du cimetière, je me suis retournée vers les gens, mais il n'y avait plus personne. "Où sont-ils ?" Ce que je voyais, ce n'était que le brouillard qui s'était mis à couvrir le cimetière.

Je suis allée dans la rue où il y avait des magasins. Déconcertée, je me suis regardée dans la vitrine d'un magasin. J'ai crié : "Ce n'est pas moi !" J'avais le visage d'un vieil homme. Je me suis observée attentivement, et mes yeux sont devenus nostalgiques. Ce que je voyais, c'était... c'était le visage de Yukio ! »

Je tourne la page. Il n'y a plus de mots. La lettre de ma mère finit par le nom de « Yukio », son demi-frère, qui avait été son amoureux dans sa jeunesse. Je ferme la lettre. Je la tiens dans mes bras, les yeux clos, et je reste au lit.

Oui, ma mère m'a finalement dit ce que je voulais savoir. Cependant, il y a quelque chose d'autre qu'elle n'a pas dit... J'essaie de me concentrer et de trouver ce qui me dérange encore.

Quelques semaines passent. Nous sommes dimanche. Mon fils vient de rentrer des États-Unis où il est allé passer deux semaines de vacances chez son père.

Le soir, il me dit :

— Tu te souviens de l'histoire des chrétiens à Nagasaki dont grand-mère parlait la veille de sa mort ?

— Oui, je m'en souviens très bien.

— Mon père m'a dit ceci la semaine dernière : « Nagasaki était le refuge des chrétiens qui devaient subir l'oppression du *bakufu*, surtout dans la région d'Uragami. Sauf au début de la propagation, des milliers et des milliers de croyants ont été exilés ou torturés ou bien tués. Malgré cela, leurs descendants ont continué à garder leur foi, en l'absence des missionnaires. Cela a duré plus de deux cents ans. » Et la bombe atomique est tombée sur cette terre sainte, en face d'une église, comme disait grand-mère. Et sais-tu, maman, que le missionnaire espagnol qui a apporté au Japon le christianisme y est arrivé le 15 août 1549 ? C'est incroyable comme coïncidence : c'est aussi la date de la capitulation du Japon en 1945. C'est vraiment ironique, n'est-ce pas, maman ?

— Ironique ? Je ne sais pas. Cela pourrait aussi être le destin de la terre martyre pour mettre un point final à la guerre.

— Le destin ? Tu parles comme grand-mère maintenant.

— En fait, ce sont des paroles de ton grand-père le pasteur qui vit aussi aux États-Unis. Lui as-tu téléphoné lorsque tu étais chez ton père ?

— Oui. J'ai aussi appris de lui, parce que nous avons beaucoup parlé ensemble de tout cela, que le quartier d'Uragami n'était pas la cible prévue. Que c'était plutôt le centre-ville, à trois kilomètres au sud, qui était visé. La bombe est tombée sur Uragami à cause des nuages qui cachaient le centre-ville à cette heure-là. En fait, Nagasaki n'était même pas la première cible : il s'agissait plutôt d'une ville qui s'appelle Kokura, tout près, car il y avait là des arsenaux. Le mauvais temps de cette journée-là est responsable du changement soudain d'objectif. De plus, la deuxième bombe avait été prévue pour le 11 au lieu du 9.

— Tu connais bien des détails que j'ignorais.

D'un air fier, mon fils continue de m'expliquer ce qu'il a appris de la guerre de son père et de son grand-père. Il s'est vraiment renseigné sur tous les dessous de cet épisode. Il m'apprend que quelques mois avant l'explosion des bombes atomiques, Roosevelt a incité Staline à se joindre aux Américains dans cette guerre contre le Japon. En échange, il lui a proposé de remettre les territoires que la Russie avait perdus aux mains du Japon. Staline l'a accepté en promettant d'y participer trois mois après la capitulation de l'Allemagne. Et le jour suivant l'invasion de la Mandchourie par la Russie comme promis, les Américains ont lancé leur deuxième bombe, cette fois sur Nagasaki.

Mon fils parle longuement. J'essaie de l'écouter, mais ses paroles commencent à me passer par-dessus la tête. Je pense à la confession de ma mère, à sa lettre qui me révèle de lourds secrets. Je suis encore dérangée par quelque chose d'un peu mystérieux. Quand mon fils s'arrête un moment, je lui demande, hésitante :

— As-tu vu par hasard ta grand-mère prendre les somnifères qu'elle avait reçus du médecin ? Elle avait de la difficulté à dormir le soir.

— Oui, je m'en souviens, mais je n'ai jamais vu grand-mère prendre des somnifères. J'ai seulement vu une petite bouteille de médicaments.

— Où l'as-tu vue ?

— Je l'ai vue dans sa chambre, sur la commode avec un miroir.

J'insiste :

— Comment savais-tu que c'étaient des somnifères ?

— Elle m'a dit ce qu'il y avait dedans, car je lui ai demandé. La bouteille en était pleine. Je l'ai vue même la veille de sa mort. Je pense qu'elle n'en avait pas besoin pour dormir.

« Quoi ? » Ces derniers mots me coupent le souffle. « Elle n'en avait pas besoin pour dormir. »

Je me rends à la maison de ma mère. Je sonne à la porte. Madame S. n'est pas là. J'ouvre avec ma clef et entre. La porte et la fenêtre de la chambre de ma mère sont ouvertes. Le vent agite les rideaux blancs en dentelle.

Je me dirige vers la commode placée près du lit, où ma mère était couchée. Devant le miroir, il y a des camélias dans un vase. La commode est constituée de quatre petits tiroirs disposés sur deux rangées et, au-dessous, de trois grands tiroirs. Le miroir est immaculé. Je ne vois de poussière nulle part. Cela me fait hésiter à toucher le meuble.

Récemment, quand j'étais en train de ranger la literie, madame S. m'a fait signe de ne pas y toucher. « Pourquoi ? » lui ai-je demandé. Elle m'a répondu : « Votre mère m'a dit de la laisser comme ça. » C'était la première fois que j'entendais madame S. dire une phrase de plusieurs mots dans la langue d'ici. Je l'ai crue, tout de même. Ma mère avait dû lui demander de répéter cette phrase.

En regardant tout ce dont elle se servait dans la chambre, j'imagine maintenant que l'âme de ma mère attend son demi-frère ici, avec des camélias. Je caresse doucement l'oreiller comme si c'était son âme.

Je me mets debout en face de la commode. Je tire chacun des petits tiroirs et fouille à l'intérieur. Je n'y trouve rien sauf des tissus de soie et de coton qu'elle avait teints. Elle les portait comme ornement sur une chemise ou sur une blouse. Je tire le premier grand tiroir. Je vois un large morceau de coton bleu foncé. C'est un kimono estival pour homme. Il est neuf. Au fond du tiroir, il y a aussi une obi noire. C'est la première fois que je vois ce kimono.

Je tire le deuxième grand tiroir. Il est vide. Le troisième aussi. Je tire de nouveau le premier où il y a un kimono. Je fouille sous le kimono. Je touche quelque chose de dur. C'est la bouteille de somnifères. Elle est vide ! Ma mère les a tous pris d'un coup, comme je m'en doutais.

Au moment où je suis sortie de la chambre, madame S. rentrait à la maison.

— Ah ! Bonjour, madame, dit-elle en fermant la porte.

— Merci de toujours maintenir la maison propre. Ma mère vous en est reconnaissante, dis-je.

Elle fait signe qu'elle a compris. Je quitte la maison avec la bouteille vide.

Je marche d'un pas incertain dans l'obscurité. Je longe le cimetière où se trouve la tombe de mes parents. Entouré de clôtures noires en fer, le cimetière occupe un terrain de presque dix hectares. C'est le cimetière le plus grand de la ville. Je regarde les pierres tombales qui se dressent sur la pelouse. Je m'arrête et mets la main sur une clôture. Le froid du fer me fait frissonner. Appuyée sur la clôture, je fixe le ciel nuageux.

A-t-elle tué son père pour éviter une autre tragédie ? Si la mère de ma mère avait découvert la vérité – il s'en est fallu de peu –, les conséquences auraient pu être inimaginables. Cela aurait détruit la vie de tout le monde autour de ma mère.

Ou bien ma mère a-t-elle tué son père par haine ? La cruauté de sa manipulation. Il avait traité malhonnêtement une orpheline de seize ans qui s'était fait attraper pour la première fois par l'affection d'un homme. Ma mère, amoureuse à cette époque-là, avait pu ressentir la douleur de la jeune maîtresse de son père.

Je vois le ciel en train de se dégager. Je me demande : « Lui était-il nécessaire de tuer son père ? N'y avait-il pas d'autres solutions ? » C'est exactement la même question qu'on se pose : « Était-il nécessaire de faire tomber les bombes atomiques sur Hiroshima et sur Nagasaki ? » Dans sa lettre, ma mère avait dit qu'elle n'avait d'autre choix que de tuer son père. Elle disait aussi à mon fils avant sa mort : « Il y a des choses qu'on ne peut éviter, malheureusement. » Et elle ne disait jamais dans sa lettre quoi que ce soit pour justifier son crime.

L'empoisonnement, les bombes atomiques, l'Holocauste, le massacre de Nankin... Était-ce nécessaire ? C'était, selon elle, une question inutile après une pareille catastrophe. Ce qu'on peut faire, peut-être, c'est essayer de connaître les motivations des gestes.

Je crois maintenant que ma mère s'est libérée de la douleur du crime en choisissant la mort pour elle-même, comme elle avait choisi la mort pour son père. Quand même, il me semble qu'elle n'a eu aucun regret de mettre fin à la cruauté de son père.

Je me dépêche de rentrer à la maison, d'un pas léger. Le cimetière s'éloigne.

Le lendemain matin, le téléphone sonne. J'étais sur le point de partir pour l'école. Je décroche. C'est le garçon qui travaille au magasin. Il livre des fleurs aux clients.

Il me dit :

— Madame, il n'y a plus de camélias.

— Déjà ? J'en ai apporté plusieurs la semaine dernière, n'est-ce pas ?

— Oui, je le sais. Mais quelqu'un les a tous achetés hier, à ce que m'a dit Madoka.

— D'accord, je vais en apporter encore ce soir.

Je raccroche. Je fais une pause, puis je téléphone à Madoka, une jeune employée du magasin.

— Te souviens-tu qui les a tous achetés ? C'est rare.

— Oui, c'est un homme âgé. Il ne comprenait pas notre langue.

— Merci...

Je raccroche.

Le soir, mon fils et moi sommes dans la cuisine. À la fin du dîner, nous mangeons de la salade de fruits que j'ai faite. Nous buvons une tisane à la menthe. Je pense à ma mère. Elle préférait la tisane au thé japonais. Mon fils parle de ses amis, de l'école, de ses études. Tout à coup, il me demande, comme s'il se souvenait de quelque chose :

— Maman, es-tu allée aussi au cimetière aujourd'hui ?

— Non, pourquoi ?

— Il y avait des camélias sur la pierre tombale de grand-mère. Je croyais que tu les avais déposés. Alors qui y est allé ?

— Il est là ! Ça doit être lui ! ai-je crié.

— Qui est-ce, « lui » ?

Les yeux ronds, il me regarde et je lui dis :

— C'est la personne que ta grand-mère m'avait demandé de rechercher. C'est son demi-frère.

— Son demi-frère ? J'avais toujours cru que c'était son amoureux. Ah, je me suis trompé, dit-il d'une voix déçue. Alors où est-il maintenant ? J'espère qu'il nous rendra visite.

Je me tais. Je bois le reste de la tisane. Je joue avec la tasse de thé vide. Un long silence. Nous entendons seulement le tic-tac de la pendule. C'est le silence que ma mère aimait.

Au moment où j'essaie de dire quelque chose à mon fils, on sonne à la porte. Nous nous regardons. Je me lève pour répondre. Mon fils me suit en silence. J'ouvre. Dans le noir de la nuit, un homme âgé s'incline en enlevant son chapeau. Sur son visage, je vois déjà des images de ma mère et de mon fils.

Il se présente :

— Bonsoir, je m'appelle Yukio Takahashi...

GLOSSAIRE

Bakufu : gouvernement féodal du Japon.

Biwa : nèfles du Japon.

Gyokusaï : mourir vaillamment, combattre jusqu'à la mort.

Hakujin : personne d'origine européenne.

Miaï : rencontre arrangée en vue d'un mariage.

Miso : pâté de soja fermenté.

Nori : feuille d'algue séchée.

Ojisan : oncle ou monsieur.

Onigiri : boule de riz, généralement enveloppée de *nori*.

Oshiire : placard à literie et à vêtements, encastré dans le mur.

Tetenashigo : enfant sans père, illégitime, bâtard.

Tsubaki : camélia.

Yosomono : étranger. *Yoso* : ailleurs ; *mono* : personne.

Achevé d'imprimer en novembre 2015
sur les presses de
Marquis imprimeur

Éd. 01 / Imp. 01
Dépôt légal : novembre 2015